ワッチキャップ
ヘッドセット
ハイドレーション・パイプ
ヘルメット
ドラゴンスキン・ボディ・アーマー
デュアルPTTスイッチ
H&K416AS
アサルト・ライフル
スイッチプレート
デジタル無線機
ネイビーナイフ
オーガナイザー・ポーチ
H&K MP7A1PDW
タブレット型情報端末
止血帯（ターニケット）
ユーティリティー・ポーチ
ファスト・マグ（MP7）
ファスト・マグ（MP7）
ファスト・マグ（H&K416）
ハンド・グレネード・ポー
カラビナ
ユーティリティー・ポーチ
ダクトテープ
ケミカル・ライト
H&K
P46UCPピストル
マガジン・ポーチ（MP7）
身長：173cm

■サイレント・コア 御堂走馬 二等陸曹の装備

東シナ海開戦4

尖閣の鳴動

大石英司

Eiji Oishi

C★NOVELS

口絵・挿画　安田忠幸

目次

プロローグ　13
第一章　嵐の前　18
第二章　魚釣島　42
第三章　ゴースト・ライダーズ　69
第四章　戦略的忍耐　96
第五章　戦闘ヘリ　122
第六章　浦賀水道　148
第七章　正攻法　174
第八章　台湾沖航空戦　195
エピローグ　209

登場人物紹介

日本

〈特殊部隊サイレント・コア〉

土門康平《どもんこうへい》　陸将補。水陸機動団長。出世したが、元上司と同僚の行動に振り回されている。

〔原田小隊〕

原田拓海《はらだたくみ》　一尉。陸海空三部隊を渡り歩き、土門に一本釣りされ入隊した。今回、記憶が無いまま結婚していた。

畑友之《はたけともゆき》　曹長。分隊長。冬戦教からの復帰組。コードネーム：ファーム。

高山健《たかやまけん》　一曹。分隊長。西方普連からの復帰組。コードネーム：ヘルスケア。

大城雅彦《おおしろまさひこ》　一曹。土門の片腕としての活躍。コードネーム：キャッスル。

待田晴郎《まちだはるお》　一曹。地図読みのプロ。コードネーム：ガル。

田口芯太《たぐちしんた》　二曹。部隊随一の狙撃手。コードネーム：リザード。

比嘉博実《ひがひろみ》　三曹。ドンパチ好きのオキナワン。田口の「相方」を自称。コードネーム：ヤンバル。

吾妻大樹《あづまだいき》　三曹。山登りが人生だという。コードネーム：アイガー。

〔姜小隊〕

姜彩夏《かんあやか》　三佐。元は韓国陸軍参謀本部作戦二課に所属。司馬に目をかけられ、日本人と結婚したことで部隊にひっぱられた。

漆原武富《うるしばらたけとみ》　曹長。司馬小隊ナンバー２。コードネーム：バレル。

福留弾《ふくとめだん》　一曹。分隊長。鹿児島県出身で、部隊のまとめ役。コードネーム：チェスト。

井伊翔《いいかける》　一曹。高専出身で部隊のシステム屋。コードネーム：リベット。

水野智雄《みずのともお》　一曹。元体育学校出身のオリンピック強化選手。コードネーム：フィッシュ。

西川新介《にしかわしんすけ》　二曹。種子島出身で、もとは西方普連所属。コードネーム：トッピー。

御堂走馬《みどうそうま》　二曹。元マラソン・ランナー。コードネーム：シューズ。

姉小路実篤《あねこうじさねあつ》　二曹。父親はロシア関係のビジネス界の大物。コードネーム：ボーンズ。

川西雅文《かわにしまさふみ》　三曹。元Ｊリーガー。コードネーム：キック。

由良慎司《ゆらしんじ》　三曹。西部普連から引き抜かれた狙撃兵。コードネーム：ニードル。

小田桐将《おだぎりしょう》　三曹。タガログ語を話せる。コードネーム：ベビーフェイス。

阿比留憲《あびるあきら》　三曹。対馬出身。西方普連から修業にきた。コードネーム：ダック。

赤羽拓真《あかばねたくま》　士長。フィールドでのゲテモノ食いに長ける。コードネーム：シェフ。

〔訓練小隊〕

甘利宏《あまりひろし》　一曹。元は海自のメディック。生徒隊時代の原田の同期。訓練小隊を率いる。コードネーム：フアラライ。

〔民間軍事会社〕

音無誠次《おとなしせいじ》　土門の元上司。自衛隊退役者からなる民間軍事会社《PMSC》の顧問。〝ヘブン・オン・アース〟内に滞在していた。

西銘悠紀夫《にしなゆきお》　元二佐。〝魚釣島警備計画甲２〟の指揮をとる。

赤石富彦《あかいしとみひこ》　元三佐。

木暮龍慈《こぐれりゅうじ》　元一曹。狙撃手。二〇年前に引退し、北海道でマタギとして暮らしていた。

〔水陸機動団〕

司馬光《しばひかる》　一佐。水陸機動団教官。引き取って育てた娘に店をもたせるため、台湾にいたが……。

〈航空自衛隊〉

永瀬豊《ながせゆたか》　二佐。原田が所沢の防衛医大付属病院で世話になった医師。防衛医大卒で陸上自衛隊のレンジャー・バッジを持っている変わり者。

三宅隆敏《みやけたかとし》　三佐。予備自衛官。五藤彬の恩師。

（警戒航空団）

戸河啓子《とがわけいこ》　二佐。飛行警戒管制群副司令。ウイングマークをもつ。

（第六〇二飛行隊）

内村泰治《うちむらたいじ》　三佐。第六〇二飛行隊副隊長。イーグル・ドライバー上がり。

〈海上自衛隊〉

佐伯昌明《さえきまさあき》　元海上幕僚長。太平洋相互協力信頼醸成措置会議《CICCPO》の、日本側代表団を率いる。

河畑由孝《かわはたゆたか》　海将補。第一航空群司令。

下園茂喜《しもぞのしげき》　一佐。首席幕僚。

伊勢崎将《いせざきたもつ》　一佐。第一航空隊司令。

（第一潜水隊群）

永守智之《ながもりともゆき》　一佐。第一潜水隊群司令。

生方盾雄《うぶかたたてお》　二佐。〝おうりゅう〟艦長。

新藤荒太《しんどうあらた》　三佐。〝おうりゅう〟副長兼航海長。

村西浩治《むらにしこうじ》　曹長。航海科。作戦の全般を監督する。原田拓海とは同期で、生徒隊繋がり。

〈外務省〉

九条寛《くじょうひろし》　外務省・総合外交政策局・安全保障政策課係長。〝ヘブン・オン・アース〟日本側の事務方トップ。

〈防衛省〉

桑原博司《くわばらひろし》　防衛政務官。国防部会、日台友好議連のメンバー。

〔豪華客船〝ヘブン・オン・アース〟〕

ガリーナ・カサロヴァ　〝ヘブン・オン・アース〟の船医。五ヶ国語を喋るブルガリア人女性。

五藤彬《ごとうあきら》　〝ヘブン・オン・アース〟の船医。感染症学が専門の研究者。

是枝飛雄馬《これえだひゅうま》　プロオケを目指していた青年。プロオケの先輩から誘われ、〝ヘブン・オン・アース〟に乗り込んだ。

浪川恵美子《なみかわえみこ》　是枝が思いを寄せるビオラ奏者。音楽教師を三年で辞めて、奏者に復帰した。

ナジーブ・ハリーファ　ハリーファ＆ハイガー・カンパニーのＣＥＯ。豪華客船内のバイオ・テロの首謀者。

アメリカ

〈陸軍〉

マーカス・グッドウィン　中佐。グリーンベレーのオブザーバー。

〈海軍〉

クリストファー・バード　元海軍少将。太平洋相互協力信頼醸成措置会議《CICPO》のアメリカ側代表団。佐伯昌明元海上幕僚長のカウンターパート。

〈海兵隊〉

ジョージ・オブライエン　中佐。海兵隊オブザーバー。

（ネイビーシールズ）

カイル・コートニー　曹長。チーム1のベテラン。

エンリケ・リマ　大尉。部隊の指揮をとる。

中国

（中南海）

潘宏大《パンホンタァ》　中央弁公庁副主任。

（国内安全保衛局）

秦卓凡《チィンチゥオファン》　二級警督（警部）。

蘇躍《スゥユエ》　警視。許文龍《シユウェンロン》が原因でウルムチ支局に左遷されたと思っていた。

〈海軍〉

（総参謀部）

任思遠《レンスユアン》　少将。人民解放軍総参謀部作戦部特殊作戦局局長兼特殊戦司令官。四一四突撃隊を立ち上げた。

黄桐《ホアントン》　大佐。局次長。

（四一四突撃隊）

公衛紅《コンウェイホン》　大佐。突撃隊隊長。

鄧一智《トヲンイーチィ》　中尉。副官。

陶剛強《タオカンチィアン》　中佐。襲撃部隊副隊長。

莫裕堅《モォユウキン》　少佐。機関室襲撃のリーダー。

徐陽《シユイヤン》　曹長。

（〝蛟竜突撃隊〟）

徐孫童《シユイスントン》　中佐。〝蛟竜突撃隊〟を指揮する。

（南海艦隊）

東暁寧《トンシィアオニン》　海軍大将（上将）。南海艦隊司令官。

賀一智《ホヲイーチィ》　海軍少将。艦隊参謀長

万通《ワントン》　大佐。艦隊対潜参謀。

（東海艦隊）

唐東明《タンドンミン》　大将（上将）。東海艦隊司令官。

馬慶林《マチンリン》　大佐。東海艦隊参謀。アメリカのマサチューセッツ工科大学《MIT》でオペレーションズ・リサーチを研究し、博士号を取った。その後、海軍から佐官待遇でのオファがあり、軍に入る。唐東明の秘蔵っ子。

（ＫＪ－600（空警－600））

浩菲《ハオフェイ》　中佐。空警－600のシステムを開発。電子工学の博士号を持つエンジニア。

葉凡《イエファン》　少佐。空警－600機長。搭乗員六人のうちの唯一の男性。

秦怡《チィンイー》　大尉。副操縦士。上海の名門工科大学、同済大学の浩菲の後輩。電子工学の修士号をもつ。

高学兵《カオシュエビン》　中尉。機付き長。浩が関わるずっと前から機体開発に関わっていたベテランエンジニア。

（Ｙ－９Ｘ哨戒機）

鍾桂蘭《チォンクイラン》　少佐。ＡＥＳＡレーダーの専門家で、哨戒機へのＡＥＳＡレーダーの搭載を目指す女性。

（第164海軍陸戦兵旅団）

姚彦《ヤオイェン》　少将。第164海軍陸戦兵旅団を率いる。

万仰東《ワンヤントン》　大佐。旅団参謀長。

雷炎《レイイェン》　大佐。旅団作戦参謀。中佐、兵站指揮官だったが、姚彦が大佐に任命して作戦参謀とした。兵士としては無能だが、作戦を立てさせると有能。

戴一智《タイイーチィ》　少佐。旅団情報参謀。情報担当士官だったが、上官が重体になり旅団情報参謀に任命された。

（台湾）

頼筱喬《ライシャオチャオ》　サクラ連隊を率いて戦死した頼龍雲《ロンユン》陸軍中将の一人娘。台北で新規オープンした飲茶屋の店主。司馬光が〝チャオ〟と呼び、店の開店を支援している。

王志豪《ワンチーハオ》　退役海軍中将。海兵隊の元司令官で、未だに強い影響力をもつ。王文雄の遠縁。

王文雄《ワンウェンション》　司馬の知り合いで、司馬は〝フミオ〟と呼ぶ。京都大学法学部、大学院に進み、国民党の党職員になった。今は、台日親善協会の幹部候補生兼党の対外宣伝部次長。

〈陸軍〉

（陸軍第601航空旅団）

傅祥任《フーシヤンジェン》　少将。旅団長。

馮陳旦《フォンチェンダアン》　中佐。作戦参謀。

平龍義《ピンロンイ》　少佐。第1中隊長。

藍志玲《ランチーリン》　大尉。女性のグラビア・アイドル。第1中隊ナンバー3の乗り手。コールサイン：マリリン。

黄益全《ファンイーチェン》　少尉。藍志玲大尉の前席射撃手《ガナー》。既婚者のベテラン。

（フロッグマン部隊）

何一中《ホーイージユン》　大尉。フロッグマン部隊を指揮する。

〈海軍〉

李志強《リーヂーチヤン》　大将。

蔡尊《ツァイズン》　中佐。

（〝海龍〟）

顔昇豪《イェンシェンハオ》　大佐。〝海龍〟艦長。

朱蕙《チュフイ》　中佐。〝海龍〟副長。以前は司令部勤務で燻っていたが、切れ者の女性。

（台湾軍海兵隊）

（両棲偵捜大隊《フロッグマン》）

岳威倫《ユエウェイルン》　中士（軍曹）。狙撃兵。コードネーム：ドラード。

呂東華《ルードンファ》　上等兵。狙撃兵。

〔第99旅団〕

陳智偉《チェンヂーウエイ》　大佐。台湾軍海兵隊第99旅団の一個大隊を指揮する。

黄俊男《ホァンジュンナン》　中佐。作戦参謀。大隊副隊長でもある。

呉金福《ウージンフー》　少佐。情報参謀。
楊志明《ヤンヂーミン》　二等兵。美大を休学して軍に入った。

〈空軍〉
李彦《リーイェン》　少将。第５戦術戦闘航空団を指揮する。
劉建宏《リウジェンホン》　中佐。第17飛行中隊を率いる。

シンガポール

〈インターポール・反テロ調整室《RTCN》〉
許文龍《シユウェンロン》　警視正。ＲＴＣＮ代表統括官。
メアリー・キスリング　ＲＴＣＮの次長。ＦＢＩから派遣された黒人女性。
柴田幸男《しばたゆきお》　警視正。警察庁から派遣されている。
朴杌浩《パクボムホ》　警視。韓国警察から派遣されている。

イギリス

〈英国対外秘密情報部（ＭＩ６）〉
マリア・ジョンソン　ＭＩ６極東統括官。大君主《オーバーロード》。

東シナ海開戦4　尖閣の鳴動

プロローグ

豪華客船〝ヘブン・オン・アース〟船医の五藤《ごとう》彬《あきら》医師が病室に駆け込むと、六人部屋の一番奥、海側のベッドのカーテンが全開にされ、防衛医大から派遣された永瀬《ながせ》豊《ゆたか》二佐が患者に馬乗りになりながら胸部を押し続けていた。

心拍停止のアラームが鳴り響いている。

予備自衛官に登録したばかりのもう一人の応援医師・三宅隆敏《みやけたかとし》三佐は、人工心肺装置に取りついて準備していた。

「……駄目だったか」

その光景に、五藤は絶句した。

「サイトカイン・ストームを止められなかった」

と、胸骨圧迫を続ける永瀬が言った。十分間続けているが、心拍は戻らない。二度自動体外式除細動器《AED》も使用したが、反応は無かった。

「どうするね？　ここにエクモが無い以上、心臓が止まった状態で人工心肺装置を使っても意味は無い」

「人工心肺装置を使っての延命は拒否するというのが、患者の希望でした」

「では、どうする？　五藤先生、あなたが主治医だ。決めてくれ」

五藤は、その場の全員の顔を見た。見たといっても、全員が不織布の防護服をまとい、N95マスクに帽子、ゴーグルまで装着している。それこそ、視線を交わすことしかできなかった。

空気を外に逃がすための大型扇風機のモーター音と、各種センサーのアラーム音が鳴り響く。最近の集中治療室《ICU》は、どこもこんな感じだ。

ここはICUではなく、病室には潮の香りが立ちこめているが、それはもう気にならない。

「わかりました。救命中止、死亡宣告します――」

この言葉で永瀬医師がベッドから降りると、両手を合わせた。

「この船に乗られなければ、まだまだ長生きできただろうが、幕僚長まで上り詰めたんだ。良い人生だっただろう。それに、これは公務死となる。ご遺族には、それなりの見舞金も出る」

「ご遺体はどうするんですか」

看護師として乗り込んできた原田拓海《はらだたくみ》一尉が尋ねた。

デッキから海面に投げ込まれた中国人感染者の遺体は、海保の巡視船によって銃撃され、文字通り海の藻屑《もくず》とされていた。

これからも増えるだろう遺体の置き場所は、船内には無い。かといって、遺体を勝手に海に投げ捨てることもできない。

「コンテナ船を一隻確保して、まもなくランデブーできるという話だ」

永瀬が安心させるように言った。

「ボディバッグを二重に包み、浮き輪をつけて船尾デッキから海に流す。後ろからついてくる海保の巡視船のボートが、遺体を回収してコンテナ船に運ぶ。その船には化学学校の隊員が乗っていて、完全防備で作業を行い、冷凍コンテナにしばらく安置するらしい。水葬とは言えないが、海将殿も最期は波に揺られて本望だろう」

「でも、その後はどうするんです？　陸揚げするわけにもいかないでしょう」

「国有の無人島に、焼却場を用意する方向で検討しているらしい。最低でも、一〇〇〇体の焼却は想定するよう言っておいたが」

「中東呼吸器症候群《MERS》の致死率だと、その程度は覚悟すべきでしょうね」

五島医師が、カルテに患者の死亡時刻を書き込みながら口を開く。

ここで原田が、隣の是枝飛雄馬《これえだひゅうま》に視線を向けた。彼はエンタメ部門で雇用されていたバイオリニストだった、今はここで雑用係として働いていた。

「ご苦労様でした。後は、自分たちで措置しますので先生方は休んでください」

医師らが黙禱《もくとう》してからこの場を去ると、原田は繋がれていたセンサーや輸液の針を外しにかかった。

「寝間着のポケットを確認して、あとは指輪を外してください。無くさないように」

外した結婚指輪をテーブルに置くと、アルコール・スプレーで消毒した。

「……今朝まで、元気だったのに」

「でも、コロナでも昼間は元気だった人が、夜眠ったまま亡くなるというケースは何例もあった。海将は、たまたまツイてなかったんですよ。……彼女は、助かることを祈りましょう。先生がたも、先手先手で治療してくれるだろうし」

身なりを整え終わると、ボディバッグに二重に遺体を包んだ。ストレッチャーにのせ、ボディバッグをアルコール・スプレーで更に消毒した。

エレベータを使って海面に近い後部デッキにおりる。乗組員が滑り台のようなスロープを用意してくれていた。

きっと、大航海時代からこうして亡くなった乗組員を水葬していたのだろうなと是枝は思った。

客船の背後に、巡視船のボートが迫ってきた。

クルーは全員、白い防護服を着ていた。

ボディバッグに、浮き輪代わりのライフベストを巻きつけると、四人がかりでボディバッグを持ち上げ、スロープから海面へと落とした。

遺体は一瞬波間に沈んだが、すぐ浮かび上がった。海保のボートが、そのボディバッグに向かって小刻みに針路を修正した。

すべての作業が終わると、是枝は大きなため息を漏らした。そもそも、生まれてこのかた死人を見たこともなかった。物ではない、先ほどまで魂《たましい》が宿っていた身体を抱えて作業するのは、精神をすり減らした。

「これ、まだまだ続くんですよね」

「明日から増えるだろうな。乗客乗員の全員が感染したとは思えないけど、それでも数十人の犠牲者は出るだろう」


客船は、紀伊《きい》半島の潮岬《しおのみさき》沖に差しかかっていた。

すでに太陽は没していたが、空にはまだ僅かな明るさが残っていた。


東アジアを暴風が見舞っていた。

きっかけは、香港《ホンコン》を陥落させて勢いづいた中国の行動だ。

台湾攻略にとりかかった中国は、南シナ海に浮かぶ台湾が支配する東沙島を電撃攻略してこれを奪取した。

島を守っていた台湾軍海兵隊は、海上自衛隊潜水艦の助けも借りて闇夜に脱出に成功したが、日本はいたるところで、この紛争に巻き込まれていた。

尖閣《せんかく》沖では、台湾軍が報復に中国の海警艦を五隻も撃沈し、火の手はすぐそこまで迫っていた。

そして、東アジアの緊張緩和を目的とした各国の外交軍事使節団を乗せた豪華客船は、イスラム系のテロ・グループにシー・ジャックされ、船内ではテロリストが持ち込んだ致死率三〇パーセントを超える感染症が蔓延《まんえん》。

その一部は、中国大陸へも持ち込まれていることが発覚していた。

第一章　嵐の前

上海《シャンハイ》——。南京東路へと出る、昔ながらの弄《ロン》堂《タン》と呼ばれる狭苦しい住宅街は、半径五〇〇メートルにわたり完全に封鎖されていた。一〇〇台を超えるパトカーや消防車が出て、一帯を包囲したのだ。

彼らが後に《爆心地》と呼ぶことになる、車も入れない狭い通路の手前には、テントがいく張りも建てられ、密閉型の防護服と酸素ボンベを背負った防疫部隊が動き回り、捜査と消毒作業を並行して行っていた。

拡声器からは「住民は窓を閉めて外出するな。全ての換気扇を止め、室内でもマスクを着用せよ」という声が繰り返し響く。

国内安全保衛局の蘇躍《スウユエ》警視と秦卓凡《チインチウオファン》二級警督（警部）は、除染室の看板がかかる部屋の前で裸《はだか》になり、冷たいシャワーを五分も浴びる羽目になっていた。更に、身につけていたものは警察手帳からスマホ、下着にいたるまで全てが焼却処分されるということを聞き、落ち込んだ。

除染室の中にパイプ椅子を入れてもらい、素肌《すはだ》の上から直接ツナギの防護衣を着て、漫然と座り続ける。

あのテロリストは撃たれた瞬間、手に持っていたガラス製の容器を地面に投げた。二人はゴーグ

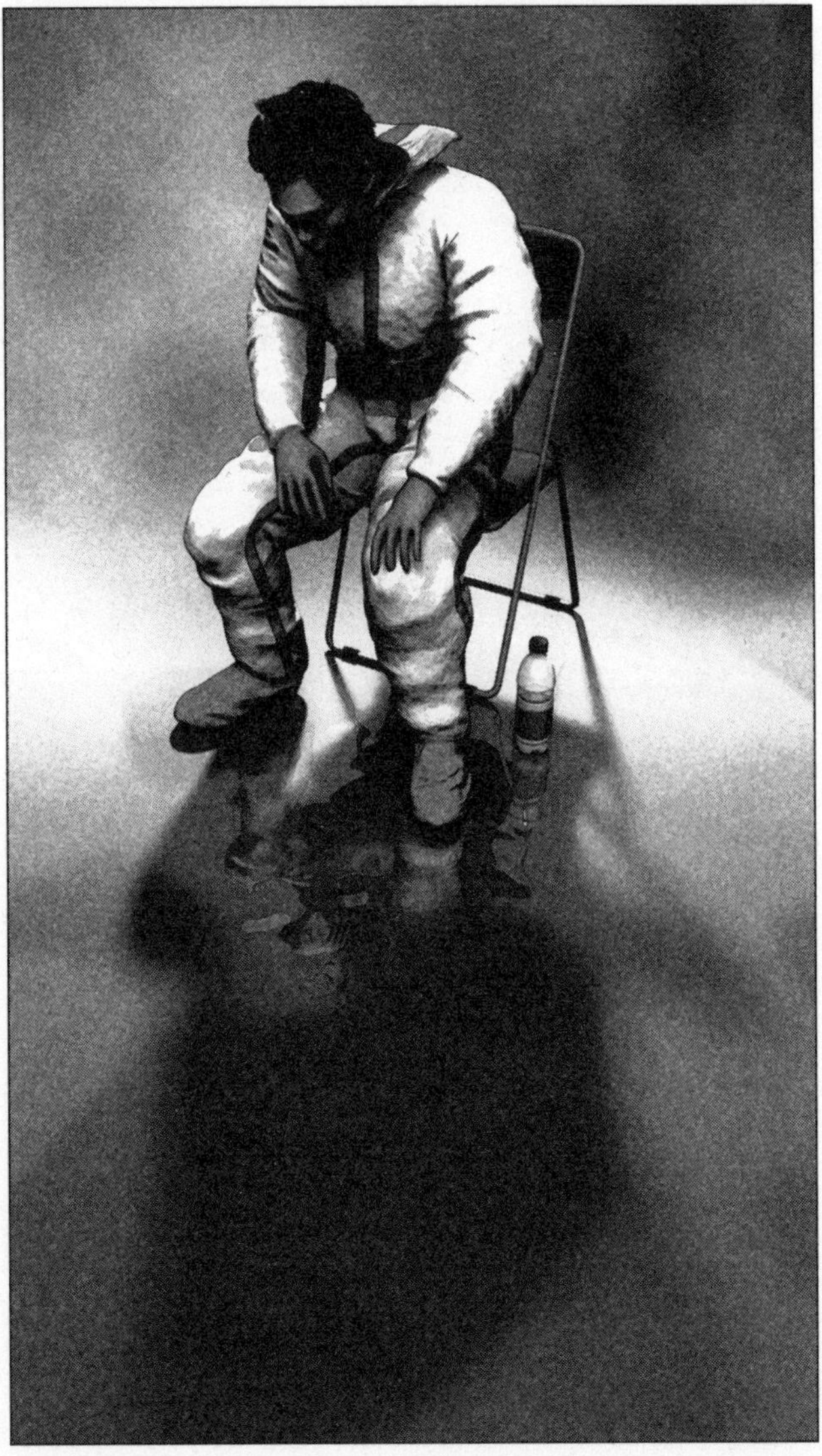

ルなどで完全装備していたわけではない。すぐに下がったが、飛沫《しぶき》を浴びた可能性は高かった。

「奴を説得できたと思いますか」と、秦が漏らした。二人は、ミネラル・ウォーターをちびちび飲んだ。

すで日没から数時間経っている。辺りは真っ暗だったが、パトカーの回転灯がテントの生地に反射を繰り返すせいで、時々目眩《めまい》がした。

「いや、無理だろう。あいつは、ここで死ぬ覚悟を決めていた。わからないのは、なんでわざわざあんな目立つような真似《まね》をしたのかだ。ウイルスはもう十分ばらまいた。なら、どこかに身を潜めていてもよかったのに」

「自分で死ぬことができなかったんじゃないですか？　英雄としてわれわれに撃ち殺され、抵抗の歴史に名を残したかった、とか」

「どうだろうな。連中の考えることは、よくわからん。奴の塒《ねぐら》を探し出し、まあ、ここからそれほど離れてはいないだろうが、それで俺たちの仕事は終わりだ。感染の疑いがある状況下で引き続き捜査に当たれるかどうか、上と交渉しなきゃならないが」

「すこし、眠りたいですよね」

「ああ、この床が水浸しでなけりゃ、俺はここで寝ているよ。つい昨日まで自分がウルムチにいたなんて信じられない」

蘇警視は、テロリストを追ってウルムチ支局から上海に飛んできたのだ。

香港を発った豪華客船の次の寄港地が、ここ上海だった。すんでのところでテロリストの乗船に気づき、入港は阻止できた。

客船を下りた者は一人もいなかったはずだが、後に船尾から一人が水中に潜ったことが判明し、この捕り物へと繋がったのだ。

客船は軍の特殊部隊が強襲したが、作戦は失敗し、客船は東シナ海をわたり太平洋へと抜けていた。船内ではすでに感染者が大勢出ているという話だ。

ここで入り口の天幕が勢いよく開き、防護着姿の女性が現れた。帽子もマスクも身につけていなかった。

「こんな格好で、ごめんなさい。でもマスクを外さないと誰も私に注目してくれないのよ。それにこの辺りの空気はもう綺麗だから、本当はおどろおどろしい密閉型の防護着も必要無い。馬麗夢《マリーモン》博士です。科学院武漢《ウーハン》病毒研究所の主任研究員です」

「武漢？　つまり、例のウイルス研究所から？」

と、蘇は胡散臭いという目で応じた。

「うちは無罪です。あの研究所から何かのウイルスが漏れた、ばらまかれたという事実はありません。でも、今そう言っても無駄よね」

博士は、うんざりした顔で言った。

「さて、犯人が地面に投げつけた液体から、MERSのウイルスが検出されました。あなたがたは、感染しているおそれがあります。私がここの処理を任されました。この後のウイルス追跡にも、全責任を負います。同時に、あなたがたの経過観察もです」

「スマホまで焼却処分する必要は無いと思うが」

「そんなこと言われたの？　消毒したらお返しします」

「なら、すぐにやってほしい。あちこちに連絡をとらなきゃならないんだ」

頷いた馬博士が、天幕の外に首だけ出して早口で命じた。その一瞬の隙に「意外に美人ですね」と隣で秦が囁《ささや》いた。

「本人にそう言えば、ここから解放してもらえるかもよ」と蘇が応じた。

「それで……ああ、まずシンガポールにいるあなたたちの上司から言づてがあります」

「上司じゃない。あれはただの疫病神だ」

青い医療用手袋をつけたままズボンのポケット部分のジッパーを開けた博士は、自分のスマホを取り出すと、ある動画を再生した。

アラブ系の紳士が、海を背景にスピーチしていた。

「これは、もちろん中国国内では閲覧《えつらん》できません。でも親切な誰かが、さっそく中文の字幕を貼り付けてアップした動画が出回っています。数時間前、全世界に向けて公開されました。例の客船を乗っ取った、首謀者の犯行声明です」

「……私が、この疫病を疫病でもって打倒する。私はここに、共産中国という疫病に戦いを挑み、滅ぼすことを宣言する」

「中国の面子が丸つぶれだな。何者ですか？」

「西側で教育を受けた、アラブの投資家みたいね。少なくとも、ウイグル人じゃない。その上司の方は、指導部はこれに激怒するだろうから、北京から強く言ってくることを覚悟してくれ、ということでした」

「そう言われても、われわれにはできることなどほとんどない。感染者は、おそらく全国に散った後だ」

「国内だけなら、まだマシよ。全世界に散ってなければ、中国国内で収められる」

「学者先生の状況観察は、どうなのですか？」

「そうですね、奇妙なことはある。客船では、バタバタと死者が出はじめています。なのに香港でもここ上海でも、まだ感染したという報告は一例も無い。それが理解できない。まるで嵐の前の静けさよ。不気味だわ」

「この疫病は、中国を滅ぼす？」

「いえ、そんなことは絶対に無い。MERSは所詮MERSよ。それ以上でも以下でも無い。この数年で、重症肺炎の治療方法は三〇年分くらい加速された。それにCOVID‐19の経験があるから、われわれはあっという間にワクチンを開発するでしょう。アメリカなら最短三ヶ月ぐらいで、われわれでも半年あればメッセンジャーRNA型ワクチンの開発にこぎ着ける。ある程度拡散したとしても、中国は微動だにしない。あなたたちも、たとえ感染していても、体力があるなら生き残れます。一時的にパニックは起こるだろうし、全国民はまた不便な生活を強いられるだろうけれど、われわれは生き残る。ならば、まずわれわれは、犯人のここまでの足跡を追わないとね。潜んでいた場所を特定して、接触した人間を隔離します。最優先は、上海市内での拡散を阻止すること。列車や飛行機で拡散した分は、それぞれの都市に任せるしかない」

「わかった。宿の数は多いし監視カメラもない場所だらけだが、聞き込みと指紋の照合で潜伏先には辿り着けるだろう」

「結果を出してくださいね。今、この大都市に必要なのは、医学ではなく警察力ですから。二人には、六時間おきに検温と検査を、毎日一回のレントゲン検査も行ってもらいます。それで二人の行動の自由を保障しますので」

「出歩いても大丈夫なんですか？」

秦が不安そうな顔で尋ねた。

「COVID‐19は無症状な状態で感染を広めた。それと同様の能力をもっているという仮定に立っても、これだけしつこく検査をやって感染を探知できないなら、このウイルスにはお手上げということになる。お二人は、それを試すモルモットでもあるの。体調の異変を感じたら、すぐ報告してください。あと、マスクだけは絶対に外さないように。感染がわかるまでは自由に動いても結構です。服もすぐに用意させます。防護服を着用する必要もありません」

「助かった。眠気覚ましのドリンクもほしいが」

「水分は多めにとってください。できれば、ビタミンやミネラルが入ったゼリーで摂取した方がいいわね。保衛部の秘密基地があるのよね？　そこをお借りします。クラスターが発生した時に備えて、対応チームを分散配置する決まりになっているので」

「お好きにどうぞ。エアコンとトイレくらいはある」

「蘇さん、でしたか？　あなたの上司は、あなたを誉めていたわよ。迷ったらあいつの勘に従え、必ず結果を出す男だからと言っていました」

「それは証明されたな。こうして犯人に辿り着いた。だが、感染爆発を防がないことには、喜んでいい話など一つもない」

「仰る通りね！　一緒に頑張りましょう」

博士は、まだ三十代半ばだろうかと蘇は思った。若さの割には修羅場《しゅらば》慣れしている感じがするのは、あのコロナの災難を経験したからか。

自分らに何ができるかはわからないが、上海での感染爆発を防ぐことが最優先であることは論を待たない。

もうしばらくは、寝る暇もなさそうだと思った。

台湾は、東沙島を失った悲しみや怒りより、東沙島から奇跡の脱出をやってのけた台湾軍海兵隊の帰還に沸いていた。

潜水艦が台湾南部の左営軍港に寄港した直後、大陸から弾道弾による攻撃を受け基地施設の多くが破壊されたが、幸い潜水艦は無事だった。

その現場から脱出して台北《タイペイ》へ戻った陸上自衛隊水機団の北京語講師兼格闘技教官の司馬《しば》光《ひかる》一佐は、その日一日ホテルに籠もり、ふて寝して過ごした。電話の受話器を外して、ノックにも出なかった。

夕方テレビを点けると、国防部が派手な会見を開いていた。部隊を率いていた隊長がインタビューに応じていた。――闇夜に乗じて敵の裏をかき、全員で海に入り、一キロ以上を泳いで味方の潜水艦に整然と乗り組んだ。付近には武装漁船がうじゃうじゃいたが、気づかれることはなかった。ただ、島に残すしかなかった負傷兵には申し訳無いと思う。彼らが正当な扱いを受けられることを祈っている――そう述べていた。

解放軍は、夜が明けてから投降してきた負傷兵の映像をナレーションと音楽付きで大々的に流していたが、ここ台湾では効果は無かった。

その脱出作戦は、非公表ながら〝キスカ作戦〟と命名され、海上自衛隊の潜水艦も一隻参加した。その協力があってこそ成功した作戦だ。

海自潜水艦は速度が出ない台湾海軍の旧式潜水艦を護衛して現場海域から脱出し、その途中、やむなく解放軍のフリゲイトを一隻撃沈していた。

そうまでして台湾側に協力したのに、なんとこの海自潜水艦の性能に驚嘆した台湾側は、海自潜水艦を乗っ取るという暴挙に出たのである。

現場のとっさの判断で、台湾側のオブザーバーを乗せるという形で左営基地を脱出していたが、まだ台湾周辺海域に留まっているはずだ。

司馬にとって、何もかもが癪《しゃく》にさわる展開だった。

台湾は潜水艦を人質に取り、日本に解放軍艦艇を攻撃させるつもりなのだ。そして、司馬自身もまた人質のようなものであった。

司馬は、暗くなってからようやく自室を出た。ジーンズ姿で、ホテル内にある秘密の会議室へと顔を出した。

そこでは、一人の男がテーブルでパソコンのキーボードを叩いていた。ここ台北で京大組と呼ばれる知日派グループの若手である王文雄《ワンウェンション》だ。表向きは国民党の党職員で、対外宣伝部次長という肩書きをもっていた。

「フミオさん。あなた、あたしの連絡員以外の仕事はないの」

「今も仕事中ですよ。宣伝部次長として、サイトにアップする声明文を書いていました。でも、よかった。間もなく王提督がいらっしゃる。ここから脱走したんじゃないかと、みんなが心配してましたから」

王は、流ちょうな日本語で応じた。

「どうせあたしの部屋には隠しカメラとかあるんでしょう?」

「そんな失礼なことはしませんよ。隠しマイクぐらいはあるかもしれませんがね。総統府は、安堵しています。海兵隊の脱出成功で、しばらくは世論はもつ。その間に、いろいろと工作できますから」

「ますますあなたって、東京にいるべきじゃない?」

「いいえ。東京では僕より三倍くらい生きているベテランが、いろいろと工作しているはずです」

退役海軍中将の王志豪《チーハオ》が現れると「機嫌はなおったか」と司馬に聞いてきた。

「ご冗談を……」

「腹が減ったな。会議続きで、くたくただ。文雄、食い物はないか?」

「なら、司馬さんの支店から出前を取りましょう」

「こんな状況で営業しているの?」

司馬が台湾にいるのは、そもそもは、実家が経営する中華料理屋の台北支店の開店準備が目的だった。

「もちろんです。台湾人は誇り高く、粘り強い。戦争くらいで、めげやしませんよ」

王は携帯で支店に電話をかけ、司馬の名前を出して出前を頼んだ。

その間、提督が司馬に向かい告げた。

「日本政府にはもちろん、最大級の感謝と、お詫びを申し上げるという総統府のメッセージを預かってきた」

「なら、ただちに潜水艦を解放してください」

「まあ、そう焦るな。すぐにそれどころではなくなるぞ。そもそも、この状況下において日台は一《いち》蓮托生《れんたくしょう》なのに、日本側からの明確な軍事支援が無いことが問題なのだ。そっちは最新鋭の潜水艦を二〇隻も保有しているんだ。一〇隻出してくれたら、解放軍の海軍は三日で潰滅して、今回の野望を打ち砕ける。君らは、解放軍が尖閣に上陸してきた後に、あの時私の言うことに耳を傾けておくんだったと後悔することになる」

「それができないことくらい、わかっているでしょうに」

「今後の、大まかな戦略が決まった。それを伝えにきた。解放軍は東沙島を包囲していた艦隊を引き揚げて、尖閣へと向けるようだ。われわれはそれを阻止するため、東沙島の早期の奪還作戦を練って準備し、部隊を動かす。そのそぶりだけでも、解放軍に二正面作戦を強いることができる。そうすれば、日本の負担も軽減でき、尖閣防衛に時間の余裕が出るだろう。これは、互いの利益のためだ。どの道、君らが今沖縄《おきなわ》に展開している戦力では、尖閣は守り切れないだろうからな。悪くないだろう」

「さあ、どうかしら。すでに味方部隊が上陸したらしいけれど、あたしは聞かされていない」

「それなんだがな、もう話していいだろう。――あの島にいるのは、水機団でもなければ、もちろん特戦群でも海自の特警隊でもない。君がよく知っている連中だよ。音無《おとなし》さんの私兵だ」

「OB部隊⁉」

司馬は驚いた。考えてもみなかったことだったからだ。

「おそらく、潜水艦から上陸したんだろう。実は、日本に長らく秘密にしていたことがある。あの島には時々、海兵隊のフロッグマン部隊が上陸していた。純粋な潜入訓練としてはじめたことだった。海保の裏をかいて潜水艦で接近し、上陸して、一、二週間サバイバルしてから潜水艦に乗り込んで帰還する。海軍にも海兵隊にも良い訓練になっていたよ。最初は地下を掘って居住空間を作り寝泊まりしていたが、居心地はよろしくないらしい。排泄物の問題もあるしな。それで後に、自然を利用してテントを張り、それを利用するようにした。足跡も残さず、誰かが上陸してきても、そこに生活の痕跡を一切残さないことが重要だ。最後の潜入訓練は先々週行われ、今週、チームは回収されるはずだったが、それはできなくなった。だが、今も二四時間島を警戒し、上陸する者を見張っている。彼らは、自衛隊が上陸してきたことにすぐに気づいたが、迷彩服はどの部隊とも違ったようだ。それに君が知らないと言うことは、習志野《ならしの》の例の部隊でもない。ということで、音無さんの私兵部隊だろうと落ち着いたわけだが――」

「そんなはずはありません。その民間軍事会社の代表は、まがりなりにも音無自身です。知らないはずはないでしょう」

「どうかな。事がはじまった頃は、もうあの人とは連絡が取りづらくなっていた。それを理由に梯《はし》子《ご》を外した連中がいたかもしれないぞ。しかしこれは、日本政府にとっては都合が良い状況だろう。何しろ、ただの私兵集団だ。北京にばれても、日本政府が自衛隊を上陸させたわけではないと言い逃れができる。知らない間に勝手に上陸された、とね。北京もそろそろ気づく頃だろうが」

「平時でも、五隻を超える巡視船が展開しているんですよ？　勝手に上陸したなんて言い訳が、北京に通用するはずもないでしょうに。誰が何を考えてのことだか」

「北京が上陸作戦のそぶりを見せたら、邦人保護の大義名分が立つじゃないか？」

「そんなことのために、中国と事を構えるだなんて……」

「無人島とはいえ、立派な日本領土なんだろう？　いらないというなら、われわれが上陸して守るだけだ。あの漁場は魅力的だし、あんな場所に解放軍が居座られたのではたまらんからな。君ら、台湾軍が守ってやるからと申し出たら、賛成するか？　無人島とはいえ守るしかない。それが国家というもんだろう。率直に言わせてもらうが、君らは腹を括るのが遅い。哨戒機を撃墜され、潜水艦で敵のフリゲイトを一隻沈めたのに、まだ北京と和平が結べるなどという幻想を抱いている。敵の艦隊が、もうすぐそこまで迫っているというのにな。誰にもくれてやる気が無いなら、全力で守り切る意志を示せ。でないと、敵に誤ったメッセージを送る羽目になる」

「あんな無人島のために、自衛官に戦って死ねと言えますか？」

「なら、北京にくれてやるんだな。それが嫌なら、台湾軍の上陸を認めろ。そのまま居座るかもしれんが、解放軍の軍事拠点になるよりはマシだろう。真剣に考えた方がいい。君らから預かった潜水艦一隻と、台湾軍で守り切ってみせる」

王提督は悪びれる様子もなく、堂々とした態度で言い切った。あきれるほど傲慢でもあった。

「少し失礼します。電話をかけてきます」

司馬はすぐに自分の部屋に戻ると、自分のスマホで習志野へと電話をかけた。姜彩夏《かんあやか》三佐が最初電話口に出て「間もなく帰るはずです」と言っているそばから、第一空挺団第四〇三本部管理中隊、その実、特殊部隊〈サイレント・コア〉を率いる土門康平《どもんこうへい》陸将補が電話口に出た。

「すまない、ちょっと浅草《あさくさ》に出てご老人と会っていた」

「ああ、なるほど。……聞いた？　誰が尖閣にいるのか」

「それだけどさぁ、俺がよく知っている連中だと言われたが、さっぱりわからない。誰のことなの？」

「民間軍事会社よ。音無さんのだって」

「そんな馬鹿な！　そういうことなら、とっくにうちの耳に入っているでしょう。それにあの人の性格からしたら、仄《ほの》めかしたと思う。そんなそぶりなんて、全く無かった。だいたい、どうやって上陸したんです？」

「潜水艦を使ったらしいから、海自を突つけば、それなりの話は出てくるんじゃないの」

「海自はそれどころじゃないですよ。恩を仇で返されたと、カンカンです。潜水艦は無事なんでしょうね」

「さあ、わからないわ。そんなに無茶はしないでしょう。反撃の準備が整っているわけでもないし。尖閣が攻撃を受けたらどうするの?」

「日本人がそこにいようがいまいが、何もしないとなると次の選挙に響く。米軍をどう巻き込むかを考えつつ、出るしかないでしょうね。ただ、艦隊という形で出せるかどうかはわかりませんが。自分に尋ねられたら、航空優勢を失う前に水機団をオスプレイで突っ込ませろとしか言えません。いずれにせよ、あの島の価値に見合わない犠牲者を出すことになる。世論がそれに耐えられるかどうか。客船の件もあるし。音無さんには、一応、確認してみます。そっちは帰国できそうですか」

「当分無理ね。うんざりしているけれど……。日本がまごついている間に、北京も台湾も動くわよ。王提督からは、守る意思がないなら台湾軍の上陸を認めろと脅されているわ」

「それが台湾の本音でしょうね。反論できない。だが、海自の護衛艦隊の方が先着した意味は大きい。そう簡単には、奪取は無理ですよ」

「だといいけど。時間はあまりないと考えてね。彼ら、本気で部隊を送り込みかねないから」

「了解です。音無さんから何か話が聞けたら、連絡を入れます」

「生きているの?」

「まだ亡くなったという話は届いてないですね。連絡がとれるかやってみます」

　土門は司馬からの電話を切ると、隣の通信指令室に陣取る部下に呼びかけた。

「ガル、客船と衛星電話が繋がるか試してくれ！　外務省でも原田でもどちらでもかまわない。あの人は、まだ客室なんだろう」

「はい、病室に移動するなら小隊長殿から連絡が入るでしょう」

ガルこと待田晴郎《まちだはるお》一曹が報告した。

面倒なことになりそうだ。民間軍事会社には、うちの部隊のＯＢだけで二〇人以上は登録しているはずだ。誰か一人くらい密告してくれればいいのにと土門は思った。

幸い原田一尉がすぐ電話口に出てくれた。

「佐伯昌明《さえきまさあき》海将が、亡くなりました――」

「え、何それ？　昨日までお元気だったじゃないか」

「サイトカイン・ストームを起こしたらしく、薬が効きはじめる前に心肺停止に至ったようです」

海上自衛隊幕僚長を務めた佐伯海将は、今回の航海での日本側派遣団の代表だった。彼らは、日米が主催する太平洋相互協力信頼醸成措置会議《ＣＩＣＰＯ》の参加者及び主催者として乗り込んでいたのだ。

「そうか。それで、爺さんの様子はどうだ？」

「音無さんのことですか？　佐伯海将の死亡を伝えたら、さすがに落ち込んでいました。熱は高止まり、酸素飽和度はまだ問題ありません。投薬治療はすでにはじめていますが、所詮はコロナ準拠の治療なので、これがＭＥＲＳに効くかどうかは不明です。効くだろうという話ではありますが」

「話せる状態なのか？」

「ちょっと様子を見てみます」

「今、君らは自由に移動できるのか」

「はい。テロリストは、客船の全デッキを制圧するだけの戦力はもっていないんでしょう。客室の移動は自由です。もっとも、感染の危険があるので好んで外出したいという乗客もいませんが。こちらからかけ直します」

「ちょっと待ってくれ。例の動画は見たか？」

「いえ。犯行声明があったという話は聞きましたが、ここのネット環境は切れたり入ったりなので」

「解放軍の残存兵に気をつけろ。あの犯行声明で北京は頭に血が上り、無茶な命令をするはずだ」

「仕掛けるには、戦力不足です。無理だと思いますよ。しかし、気をつけるようにします。では後ほど」

襲撃に失敗したものの生き残った解放軍特殊部隊兵士は、最初はこの診療所に陣取っていたが、今は上のデッキに移動していた。

戦力としては、ほんの分隊規模だ。中国代表団が加勢したとしても、この勢力で仕掛けるのはただの自殺行為だった。

もし日本側が敵の制圧を試みるようなら、その手助けをしてもらい、手柄を彼らに譲るのが一番無難な解決方法だろうと日本政府は考えていた。

客船にいる原田は、防護衣をいったん新しいものに替えると、佐伯海将が寝泊まりしていたバルコニー付きの船室を訪れた。

そこには、まだ感染はしていないものの、感染したも同然と諦めている外務省の係長が陣取っていた。

まずは寝込んでいる音無誠次《せいじ》元一佐のバイタルを計る。夕方前のそれと比較して悪化している兆候《ちょうこう》はなかったし、相変わらず彼は不機嫌だった。

原田はバルコニーにスパイダー・アンテナを出すと、ケーブルで繋いだ衛星携帯で習志野の土門を呼び出して音無と話しをさせた。

音無は、横になったままで電話を取った。

「具合はどうですか？」

「土門……俺は、もう駄目だ。長いこと世話になったな。お前には、感謝の言葉しかない」

「え？　何です？　よく聴き取れなかった。今のところ、録音しますから、もう一回お願いしていいですか？」

土門は、明らかに笑っていた。

「バカヤロー、ただの冗談だ！　病人を呼び出すには、それなりの理由があるんだろうな」

「はい。尖閣にいる部隊が判明しました。あなたの部隊のようです。ご存じでしたか？」

「俺の部隊が、尖閣に？　初耳だぞ、そんなのは。だがな、俺ももう歳だ。事務所に毎日顔を出すわけじゃないし、今じゃあ企業との契約件数も増えて、常時一〇〇人近くが海外で活動している。隅から隅まで把握しているわけじゃない。俺と連絡がとれない隙に、誰かがやらかしたんだろう。……まあ二、三人は見当がつく」

「あなたが代表じゃなかったんですか」

「ふん、今じゃただのお飾りだ。この歳で実務なんてやれると思うか？」

「そんな無責任なことを言わんでください。こっちは片っ端から部隊の退職組を預けているんですから」

「うちは預かってやっているんだぞ。……だが、いったん上陸したものを、この状況下で撤退はさせられんだろう。それに、まさか海保の目をかいくぐって漁船で上陸したとも思えない。それなりの、上の政治判断があってのことだ。今更引き返せないぞ」

「わかりました。こちらで探りを入れてみます。それと、いざという時、助けにいけるかどうかはわかりませんからね」

「所詮民間軍事会社なんてのは、国家にとっちゃ体のいい捨て駒《すてごま》だ。みんなその覚悟はもっているだろう。……俺はどうも熱のせいで頭が回らん。貴様の都合のいいようにしてくれ」

「そうします。ゆっくり療養してください。原田と代わってください」

原田は電話を受け取ると、暗闇のバルコニーに出た。客船をエスコートする巡視船の灯りが遠くに見える。つかず離れずという距離だった。

以前はもう少し近い距離から監視していたが、巡視船に救助されることを見込んで海に飛び込む乗客が相次いだため、今は距離を取っているようだ。

「爺さんの症状はどうなっている?」

「夕方と同じです。安定しています。しかし、コロナの例で言えば、あの年齢の感染者は時間が経過すると確実に体力を落とします。油断はできませんね。率直なところ、助かる確率はフィフティフィフティより低いでしょう。ご家族に伝えた方がいいかと」

「延命の必要は無いぞ。爺さんより若い患者を優先しろ。じきにトリアージするしかなくなるだろう」

「はい、それは覚悟しています」

「それと、是枝さんは? まだ感染してないな?」

「ええ、大丈夫です。彼は働き者ですよ。父親の後を継いだら、立派な政治家になる」

防衛政務官である是枝の父親は、息子を助けてくれと何度も習志野へと乗り込んできたのだ。それは、土門の頭痛の種の一つでもあった。

「なら、以上だ。船は東京湾の手前で止められるだろうが、そこで止まってくれない場合でも、接岸は阻止することになっているからそのつもりでいてくれ。重症患者の移動にかんしては、引き続き米政府が交渉しているが、明るい情報は無いな」

原田は、隣室にいる外交官に、容体に気をつけるよう依頼してから客室を出た。

これがコロナなら、音無が抱えるリスクは年齢だけだ。

あの歳になっても、珍しいほどたいした持病も無い。

同世代の既往症度を考えると、ほとんど心配する必要は無かったが、発症してからの経過は亡くなった佐伯海将と似ているようでもある。

それだけが気がかりだった。


尖閣諸島魚釣島――。

台湾軍海兵隊両棲偵捜大隊所属《フロッグマン》の岳威倫《ユエウェイルン》中士（軍曹）と呂東華《ルードンファ》上等兵は、三人用のテントの中にいた。

指導役の岳軍曹はエアマットの上に寝そべり、エナジーバーを囓《かじ》っていた。

偽装されたこのテントは、同じ場所に数年張られたままだ。長年の風雨に晒《さら》され何度も補修を繰り返していたが、今は立派な前哨基地として機能していた。

このテントは、ガレ場に張られていた。いや、元々ここはガレ場ではなかった。水捌けの良い場所を探し、彼らが長い時間をかけて石を運び、敷き詰めてガレ場を偽装したのだ。

こういう地形では、現実のガレ場に長い期間テントを張ることはできない。

ほんの一度でも大雨に降られただけで水や土砂に流されてしまう。

そしてそのテントは、山羊《やぎ》が食することのない棘性の蔓植物に覆われていた。すぐ近くには、モンパノキの灌木《かんぼく》やイヌマキといった葉が多い常緑樹が茂っている。それらもすべて彼らが植え、育てたものだ。

テントは従って、ほんの五メートル横を通ってもその存在に気づくことは難しかった。熱帯地方特有の、濃い藪にしか見えないだろう。

山岳地帯での土木工事に手慣れた者が見れば、この地形でそこにガレ場があり、しかもそのガレ場の真ん中に灌木が茂っている不自然さに気づいただろうが、この島は無人だ。

昼も夜も、沖合に日中の巡視船がせめぎ合っている様子を観察することはできるが、誰も上陸は許されない。

二人は三週間前、密かに〝島流し〟と呼ばれている極秘訓練で上陸した。潜水艦で接近し、海中から海へと泳ぎ出した。

一週間前には迎えの潜水艦が来る予定だったが、この戦争でそれはかなわなくなった。

幸い、食料は保つ。そもそもこれはサバイバル訓練だ。

島を見張る日本と大陸の監視の眼をかいくぐって上陸し、偵察訓練を繰り広げつつ、孤島でのサバイバル・スキルを磨くのが目的だった。

怪我をしても助けが呼べるわけではないし、脱出も困難だ。何しろ巡視船や海警艦の裏をかいて、沈んだままの潜水艦とランデブーしなければならない。

この訓練を受けられるのは、精鋭兵士を集めたフロッグマン部隊でも、さらに選抜された兵士のみだ。

岳軍曹は、左耳にラジオのイヤホンを突っ込み、スマートホンを改造したモニターで、樹上に設置した暗視カメラの映像を見ていた。

見下ろせる位置に、日本の部隊が前哨基地を設けていた。最初は、日本のどこの部隊かわからなかった。部隊章もなければ、戦闘服も統一された感じがしなかった。

写真を撮って本国に送った結果、自衛隊ＯＢか

らなる民間軍事会社だと判明した。もちろん自分らの存在
接触は禁じられている。もちろん自分らの存在を察知されることもだ。

隣で寝ていた呂上等兵が姿勢を変えて目を開け、左手を挙げて腕時計を覗き見た。

「すまん、起こしたか」

「いいえ。そのエナジーバー、ピーナッツが入っているでしょう。あれを砕く時に、それなりの音がするんですよね」

二人は囁くような声で話した。

「何か、動きはありましたか」

「先ほど、妙なことがあった。急に何人かが出てきて、暗視ゴーグルで周囲の監視をはじめたんだ。二組がそのまま偵察に出たように見えた」

「急ですね。この二日間、そんな動きは無かった。上陸時はそれなりに警戒してましたが、夕方は山羊を捌《さば》いてバーベキューしていたのに」

「おそらく警戒モードが上がったんだろう。俺たちの存在がばれたか、解放軍上陸の情報が入ったかのどちらかだな」

「ラジオは、何か言ってますか」

「大陸と台北、両方を聴いているが、今夜は俺たちの圧勝だな。海兵隊部隊の生還で国中が沸き立っている。お偉いさん連中が次々とインタビューに応じて、ご立派なことを演説していたよ」

「変ですよね。うちの潜水艦なんて、たった二人のコマンドを収容するにも四苦八苦して何時間もかかるのに。あんな浅い海で周囲を武装漁船のサーチライトやレーダーに照らされて、どうやったんだか……」

「きっとアメリカ海軍の潜水艦だろうな」

「はじめて島流し訓練に出た時は、上陸はともかく、日本の巡視船が見張っているのにどうやって水面下の潜水艦に戻れるんだろうと途方に暮れま

「明日か明後日、暗くなってからのスコールに期待しよう」

「山羊肉のバーベキュー、美味《うま》そうだったな……」

「この訓練をはじめた当初は、四人での上陸任務だった。さすがに退屈でなぁ。黙ってりゃいいという話になって、実は一頭絞め殺してる。その頃俺はまだ駆け出しで意見なんてできなかった。命令は絶対だと思っていたから驚いたよ。まだ北京と東京がやり合う前のことで、沖合に巡視船なんていなかった。それでも注意して、雨の日にテントの中でバーナーで焼いたんだ。テントを焦がす羽目になって、結局、上官にばれたがな。美味くはあったが、あれが最初で最後だろう。絞めた後の骨も処理しなきゃならないし、火を使った調理はレトルトを温めるのが限界だ。今じゃあそこかしこが赤外線センサーで見張られているし」

したよね」

「意外と簡単だったろう」

「あれを簡単だと言っていいんですか？　失敗したら、東シナ海を漂流する羽目になる」

「ここだけの話だが、昔、一人遭難したんだ。どこかの漁船に助けられるかとも祈ったが、結局、遺体すら見つからなかった。あの頃からすると、手順もさらに複雑になった。よほどのことがなければ事故は起きないことになっている。もちろん、万全を尽くしても、起きる時には起きてしまうものだがな」

「回収用の偽装漁船も待機してくれることですしね」

　上半身を起こした呂は、壁際に寝かせたペットボトルに手を伸ばした。

「飲料水、そろそろきついですね。水汲《みずく》みに出ないと」

「三日目あたりから、俺の頭の中は食い物のことしか浮かびませんよ」

「軍隊ってのは、戦場だろうが兵舎だろうが、日常はそんなもんだな。俺は若い頃、英語辞典を持ち込んでいた。さすがにこれなら退屈する暇はないし、身につけばなおいいからとな。でも、半日で挫折したよ。眠くなってかなわん。その後は、小さなノートブックと風景画の参考書を持ってきた。われわれ狙撃兵は、視界に入る景色を確実に把握しなきゃならんからな。おかげで絵は上達した。イラストレーターとしても喰っていく自信はあるが」

「本当に凄いですよね。兵舎にかかっている水彩画もそうでしょう？　あんな才能が軍曹殿にあるなんてみんな驚いている」

「電気を使わず、私物としてザックに入って時間を潰せる趣味だ。実学として身につけばなおいいが、そこまで深刻に考える必要は無い。ただし、麻雀《マージャン》の類は駄目だぞ。相手がいるし、熱中すると任務が疎《おろそ》かになる。……なあ、俺たち、上陸二日目も似たような話をしてたよな」

「今日で三回目くらいじゃないですか？」

岳は自分の腕時計を見た。

「三時間経つが、偵察班が戻ってこない。稜線《りょうせん》を登ったのかもしれないな」

「なら、夜明けまでですね」

「俺たち以外の誰かの潜入を警戒しての動きだ」

「解放軍なら、島の東側を狙いますよね」

「ああ。俺らにできることなら、奴らにも可能だ。もし島の中で撃ち合いがはじまったら、俺たちもここにいるという事実が重要になる」

こういう展開になるとわかっていれば、四人での潜入を強く主張したのだがと岳は後悔した。

出撃前日に左営基地でそういう話は出たものの、

準備が間に合わないと却下されたのだ。

二人が身軽とはいえ、たった二人で戦場を監視し報告を継続するのは、体力的にも精神的にも楽では無かった。

第二章　魚釣島

〝蛟竜突撃隊〟の一個小隊を率いる宋勤《ソンチン》中佐は、キロ級通常動力型潜水艦の一二番艦〝遠征75〟号の艦内で、自分が一度部隊を去った後に更新された装備や通信手段や符牒《ふちょう》についての細々とした再教育を部下から受けていた。

軍を去った後、宋は学術研究に一生を捧げるつもりだったが、かつての上官に急遽呼び戻されたのだ。それは党の極めて高いレベルから出された命令であり、断る術は無かった。そもそも、断る気も無かったが。

自分を一人前にしてくれた軍に恩返しをする、良い機会だと思ったからだ。

その後、宋中佐は兵員食堂のテーブルの上に広げられた装備を身につけながら、艦長の鉄義和《ティエイーホー》中佐と話した。彼とは、古い付き合いだ。

鉄艦長が、テーブルの上に整然と並べられた四角い物体に目を留めた。部下がその一つ一つのバッテリーの充電具合を確認していた。

「何というか、まるで……パン焼き機みたいだな。あの二枚を一緒に焼く、昔のパン焼き機だ」

実際にはそれはパン焼き機より大きかったが、形状はトースターにそっくりだ。黒く塗られていて、前後に丸い開口部がある。

「だろう？　だからわれわれも〝トースター〟と

呼んでいる。これは、水中スクーターだよ。ただし、ダクト型のスクーターだ。前から吸い込んだ水が、後ろの三枚のフィンで操作されることで深度と方位の調節がなされる」

「なんで四角いんだ？　魚雷みたいに、円筒型の方が有利だろう」

「いろいろあって、この形状になった。バッテリーを配置する空間が必要なのと、液晶モニターを貼り付けるには平たい壁がいる。実は、元はオモチャなんだ。上海のメーカーがレジャー用として、プロトタイプを開発していたもので、それに目をつけたわれわれが、一般販売は止めさせて軍用のスクーターとして開発させた。従来型の水中スクーターと比べると、サイズは五分の一以下だろうな。値段にいたっては、一桁安い。何しろ汎用技術の寄せ集めだからな。スピードではなく、確実に目的座標に届くことを優先している。静かだし、軽い。上陸した後も、もし太陽電池パネルを開くことができれば戦地で充電できる」

「それは、うちにも欲しいな。四、五台積んでおけば、いろいろと使えそうだ」

「申請してくれ。たいした値段じゃないから買ってもらえるさ。ところで、東沙島のニュースはどう思う？」

台湾発のラジオ・ニュースは、海中にも届いていた。

「例の、三〇年以上稼働している小型潜水艦でやったとは思えない。かといって、いくら米海軍でも、原潜をあんな浅い海に入れるような無茶はしないだろう。すぐ熱探知される。俺は、日本だと思うな。あの数の兵士を収容できて、われわれの裏をかいて接近、脱出するだけの能力をもつのは、世界中で唯一、日本の潜水艦だけだ。他国にはできない。とはいえ、レーダーで見張り探照灯で照らしている中、どうやってあの数を収容したのかの謎は残るが」

「同じことがわれわれにできるか？」

「釣魚島《ディアオユーダオ》沖で？　絶対に無理だ。司令塔が海上保安庁の巡視船のレーダーに映る。露頂深度で深夜に一〇〇人を超える陸兵を収容するなど、絶対に無理だ。君らみたいに特別な訓練を受けているなら……そうだな、一個小隊一時間くらいでなんとかなると思うが。それでも危険極まりない」

航海科の士官が現れて艦長に目配せした。

「北斗衛星の信号を受信できるまでに浮上した。こんなに小さいのに、自動航走機能まで持っているのか？」

「北斗はもちろん、民生用波だがGPSの受信もし、それが途切れた場合でも慣性航法装置で航海する。潮流が強いこういう海域でも、一万メートル進んで最終的に一〇〇メートルずれることもない。このトースターで一番高価なのは、その部分だ。日本側に察知される可能性は？」

「われわれの経験では、日本側の潜水艦が釣魚島の北側、つまり大陸棚まで航海したことは無い。まあ、われわれが探知できていないだけかもしれないがな。それだけ浅いということだ。こういう状況下でこちら側になど入ってきたら、露骨な挑発行為とも受け取るし。日本はそういう危険なことはしないだろう。万一に備えて、われわれは夜明け近くまで回収ポイントに待機する。待機時刻を過ぎたら、東海艦隊の主力後方までゆっくりと下がって……何しろバッテリーはもうほとんど空だ。充電しつつ待機する。君らが撤退してくる時は、堂々と水上艦に乗って凱旋《がいせん》することを望むがな。そうならなかった場合は、いつでも呼んでくれ」

「頼む。自分も五星紅旗を立てて堂々と島を離れる状況を望むが、そううまく運ぶかどうか。日本はああ見えて、いろいろとしぶとい国だ」

「ますます日本に惚れたか？」

宋中佐は、ウェイトを腰に巻きながら「研究対象なんて、惚れ込んでこそやっていける」と、笑顔で応じた。

宋は、仮想敵国として自衛隊の研究をはじめたが、すっかり日本の虜になってしまっていた。今は、日本語の会話にもそこそこ自信があった。

潜水艦の前後の脱出トランクから、三人ずつが艦外に出た。深度は一〇メートルあるかないかだ。

暗闇の中で〝トースター〟の電源を入れると液晶モニターが蘇り、しばらく衛星受信モードになる。そして北斗衛星の情報を受け取り、航空機のコクピットのような水平儀がモニターに現れて上下と東西南北を表示した。

その後、ダグデッド・ファンの二重反転プロペラが回転し、水流を後方へと勢いよく噴射しはじめた。コツは伸ばした両手を操作し、その水流を避けることだ。

全員が出撃するまで、九〇分を要した。その間、魚釣島沖の海中に停止したままの潜水艦は黒潮の流れに乗り、数キロも押し流されていた。

〝蛟竜突撃隊〟は島の東側に上陸し、すぐに藪の中へと入った。日本の部隊が潜むはずの島の西端までは、海岸線沿いに移動すれば四キロだ。高さ三〇〇メートルある山沿いに移動するとなると、さらに時間がかかった。

どのルートをとろうが、発見されるおそれはあった。一番確実なのは、島の南側へと出て南回りに接近することだ。

警戒すべきは、沖合を警戒する海保の巡視船だけ。だが彼らはもっぱら沖合を警戒しているだけで、島に潜む潜入者を監視しているわけではない。

そちらの方が安全だ。

中佐は斥候班を出し、本隊には陣地の設営を命じた。

桐島護人《きりしまもりと》元三佐は、ノーネクタイのくたびれた背広姿で土門の部屋に入るなり、何かを探すような仕草を見せた。

すでに日付が変わっていた。〝習志野スキル人材〟という怪しげな会社の代表取締役の名刺をもつ男は、寝ていたところを起こされたのだろう。

「……なあ土門さん、あんたはこの部屋に居座ってもう二〇年近いだろう」

「まだそんなにはならんでしょう」

「この部屋は、もうあんたの人生の一部だ。将軍様に出世したからには、年季の入ったマントルピースとかあって、上物のコニャックとかが飾ってあるんじゃないのかね」

「その発想は無かったな。今度考えておきますよ。もっとも、この木造隊舎には待機小隊が毎晩寝泊まりしている。マントルピースに飾られた酒なんてあったら、どんな頑丈な鍵をつけようが三日で空になるでしょうな」

「皮肉な話だ。私大出のあんたはこうして出世して、防大出の俺は三佐止まりで娑婆に放り出された。それでも、あんたももうじきお払い箱かい」

「いや、私は誰かさんを見習って定年延長を繰り返し、あと二〇年は居座りますよ」

この台詞に、部屋の入り口で直立する姜彩夏三佐の眉が一瞬動いた。それを見て「いつか君らに譲る日はくるだろうが、それは明日でも明後日でもないぞ」と土門は釘を刺した。

「……いえ、自分は何の意見もありません」と姜三佐は無表情に応じた。

「なんだ、おまけに秘書までべっぴんだな。俺なんざ、会社とはいっても社員は俺一人。あとは電話番のパートのおばちゃんしかいない。五時には帰っちまう。社員が一人しかいないのに、なんで株式会社が作れるのかが不思議でならんよ」

「でもあなたは特別な才能をもっている。人間の本質を見抜く才能を」

「まあ、地連勤めが長かったからね。全国最優秀入隊数表彰も受けたし」

「だからと言って、本社があなたをよこしたのは、解せない話だ」

「あんたから小言を聞きたくないんだろう。俺の仕事は駐屯地のゲートで人材スカウトをすることで、会社の業務全体に関わるわけでもない。余計なことを喋る心配は無いからな」

　ソファに座った桐島は、持参した封筒からホッチキスで止められたコピー用紙を出し、土門の前に置いた。

　〝魚釣島警備計画甲2〟とあった。

「甲1計画や、乙2計画は？」

「あるんだろうが、俺は聞いてない。聞かされたのは、これをプリントアウトしてあんたのところに持っていけということだけだ」

「それで、誰が指揮をとっているんだ？」

「西銘《にしな》元二佐だと聞いている」

　土門は、ありえないという顔をすると、すぐチッと舌打ちした。

「どうして、なんであんな奴に、孤島での作戦指揮なんてとらせるんだ！」

「俺に言われても困る。佐官級の再雇用にハンコを押すのは、取締役の仕事だ。まあ、彼の雇用に関して、あの人は反対したらしいが。だいたい、西銘さんは現役時代何度もここへの異動願いを出したって聞いたが。それを、あんたが邪険にするから」

「当たり前だ、あんな奴！　部下に三島《みしま》を読めだなんて言う指揮官に、部隊を預けられるものか。……私が一番注意を払っているのは、若い連中がくだらん思想に被《かぶ》れることです。兵隊は、ただカバーし合う仲間と部隊のためだけに命をかければいい。国家だの国体だのという余計な思想に被れ、暴走するのを一番避けなきゃならんのに」

「だが、ブレーキ役はつけたそうだぞ。先任下士官として、木暮《こぐれ》さんがついている。これなら、あの人も文句は言わんだろうということらしい」

「いくら木暮さんが信頼できるからって、彼は下士官だ。最後は上官の命令に従う。そもそも私に隠れて、どうやって島に入ったんです？　誰が命じたことですか」

「それは気になったから、こっそり聞いたよ。官邸の奥から出てきた話だそうだが、誰が入れ知恵をしたかまではわからなかった。潜入には、なんと海保の大型ヘリを借りたらしい。海保が見ている前で上陸すれば、誰も気にはしないといえば嘘になるが、気づくのは空自ぐらいだ。海保が何かやっているんだろうという程度で済む。当の海保は、自分のところのヘリが島に着陸したって、まさかそれに兵隊が乗っているなんて思わないしな」

「中国は、もう気づく頃だ。いくら政府お墨付きの民間軍事会社とはいえ、国内で武器を持つのは違法行為になる」

「そこは、いろいろクリアしたらしい。何事もなければ、尖閣に誰かが上陸した事実など無いということで押し通すそうだ。もし何か起これば、政府はすんでのタイミングで自衛隊部隊を送り込むことに成功したということになる。ちなみに、武器弾薬は部隊の半数を占める予備自衛官が携行したことになっている。勝ち目がないまま中国に圧倒されたら、何事も知らぬ存ぜぬ。死体はどこかの民間人のものとなり、日本政府は関知しないということになるだろうな」

「では、うちは関係無いという態度でいいんですね」

「そうだ。私がスカウトしたことになっているあんたの部下だった兵隊は一〇人前後はいるだろうが、彼らが窮地に陥ったからとあんたが出ることはない。その時は、特殊作戦群ではなく、自衛隊として正規部隊が動くことになる。政府にその覚悟があればの話だが……。戦略的忍耐ってやつか。それを押し通すんじゃないのか？　北京に通じればいいがな」

「救援要請がうちにくることは無いと理解していいんですね」

「無いものと思ってくれ。——話はそういうことでいいかな？　私は本社に報告しなきゃならん。こうした状況説明をして、陸将補を宥めたとね。今後、あの人を丸め込んで妨害されることはないと言っても？」

「いいですよ、そういうことで」

　桐島は、姜が出した茶に口もつけずに部屋を出ていった。

　隊舎の玄関まで送っていった姜が戻ってくると、湯飲み茶碗を片づけながら「西銘さんのお名前、時々、聞きますね」と土門に問いかけてきた。

「ああ。あいつはな、言ってみれば特殊部隊の暗黒面に堕ちたジェダイだ。特殊部隊は潰しがきかんだろう。一度ここにきたら、出世の道も閉ざされる。それでいて、訓練は過酷。訓練で死ぬ危険すらある。成果を上げてもテレビのインタビューがくるわけでなく、指揮官はどんどんメンタルを病んでいく。すると、そういう心の隙間に、宗教だの精神主義だのがふと忍び込むのさ。またそういう指揮官に惹かれていく現役も多い。自分たちは何のために命を懸けて戦うのか、その理由がこの教えにあるとな。君も、ああいうのに被れるんじゃないぞ」

土門はため息をついた後、言い足りないと思ったのか、再度口を開いた。

「俺は、こういう話は滅多にしないわけだが……。われわれは、日本という国がもっている普遍的価値観と、それを共有する国民を守るため存在しているんだ。それ以上の使命や哲学はいらん。それを欲すると、怪しげな宗教やイデオ、イズムに染まる羽目になる。君がこの部隊に留まるなら、将来、私の警告を思い出す日がくるだろう。それが頻繁でないことを望むが……」

「隊長はどうして、その手のものに被れなかったんですか」

「俺の上司はろくでもない人間だったが、あの手の精神主義に生理的な嫌悪感をもっていた男でな。なんでも噂じゃあ、昔、三島由紀夫《ゆきお》の軍事訓練擬きに付き合わされたという話だ。若い頃、言われたことがあったよ。――お前は何の取り柄も無い凡庸《ぼんよう》な男だが、そのノンポリなところだけは立派な資質だってな」

「私はお茶くみとか雑用で忙しいですから、そんなのに被れている時間はありませんよ」

姜は皮肉を込めて言ったつもりだったが、土門はあくびをしていたため、その言葉を聞き逃した。それが意図してか自然に出たものかは、姜にはわからなかった。

魚釣島には、平地がほとんど無い。海岸線から、いきなり山がはじまる。

小さな島の割には自然の水が手に入るが、それは標高三〇〇メートルを超える山と熱帯のジャングルがあるからだ。東西に延びる山脈は、人の接近を妨害している。

だから長年、人が住むことはなかった。西端に辛うじて平たい空間があって、昔そこに入江を作って鰹節《かつおぶし》工場が作られた。

前世紀、尖閣問題が俄《にわか》に焦点を当てられると、民族団体が上陸して太陽光発電による灯台が建てられた。

それは今世紀、国に譲渡され、国土地理院の地図にも灯台として記載されている。海上保安庁が保守点検をすることになっているが、それをどういう形で行っているのか、情報が公開されたことは一度もない。

西銘悠紀夫《ゆきお》元二佐が率いる民間軍事会社の一個小隊は、その灯台前の空間に着陸し、すぐ近くの斜面に陣を張っていた。

水場が近く、いざ脱出する時にも小舟を接岸できる場所だ。それ以上、ここにたいした利点は無かった。むしろ、島では唯一ここだけが、それなりの生活を営める場所として探知容易な場所であった。

西銘には、もともと隠れるという意識は無かった。敵に見せつけてやりたい。ここを占領しているのは誰なのか。ここが日本の占有地であることを誇示したかった。

太陽光バッテリーで動く灯台は、世間がイメージする灯台というほど明るくはない。だが、夜中に街灯一つない場所で行動するには、方角の目印になってくれた。

西銘は、本社から台湾軍の斥候が潜んでいるという警告を得て表情を曇らせた。カムフラージュ・ネットの下に張ったテントの中には、折り畳み式のテーブルが開いてあった。子供用勉強机程度の広さしかないが、用は足りた。

同様のテントが近くにもう二つ張ってあった。ひとつは通信及び監視用のモニターやパソコンが置いてある。もうひとつは、純粋に隊員の休息用として、食事やお茶の場面で使われていた。どのテントでも、赤いペンライトが頭上から下げられている。それが唯一の灯りだ。

「気づくべきだった」

一個小隊を率いる赤石富彦《あかいしとみひこ》元三佐が責めるような口調で言った。その先には、木暮龍慈《りゅうじ》元一曹がいた。

「山羊が踏み固めた獣道がそこら中に走っている。ここから軍靴の跡を見つけ出すのは無理です。彼らもバカじゃない。その手の潜入訓練を繰り返せば、回を重ねるごとに知恵もつくでしょう」

しかし木暮は臆することなく反論した。木暮は、ここでの立ち位置を十分に理解していた。それは、本隊が到着するまでは可能な限り交戦は避けて戦力を温存することだ。命令もそのはずだったが、ここにいる元士官の二人は明らかに別の考えをもっている様子だった。

「それでも、見つけるべきだった」

「同感だな。向こうがプロなら、われわれもプロだ。だいたい、フロッグマンの潜入訓練というからには、初年兵に毛が生えたような連中だろう。それを発見できなかったどころか、逆に見張られていたというのは気に食わん話じゃないか。こういうことを仕方無いで済ますのはよくないぞ」

西銘が腕組みしながらそう言った。不快感を表明する時に腕を組むのが西銘の癖だ。お前のその考えを拒絶するという意味でもある。

「夜が明けたら、討伐隊を出して掃討しましょう」と赤石が提案した。

「殺傷する、という意味ですか」

「他にどうする？　ここは日本領土だ。そこに武装兵が無断で上陸した。殺されても、文句は言えない。だいたい台湾は何度も島の奪取を試みていて、灯台を破壊されたこともある。仏心を出す必要は無い」

「自分は政治的な判断を下すほどの見識はありませんが、今台湾と事を構えるのは拙いのではないですか」

「何でだ？　この島を守るためか」

「はい。味方につけておいた方が有利です。彼らはこの島の地形にも精通しているはずですし」

「地形なら、衛星写真から起こした3Dデータがある。台湾には日本の助けが必要だろうが、われわれは自衛隊だけで守り切れる。米軍もいることだしな。木暮さんは、本当にそんなことを思っているのかい」

「少なくとも台湾側から通告してきたということは、友好のシグナルと見ていいかと思います」

「そりゃ意図はあるだろうが、そんな綺麗な話かねぇ。隊長はどうですか？」

西銘の意志は、すでに固まっているようだ。

「本社からは情報はきたが、どうしろという命令は届いていない。接触し握手しろとか、発見して射殺せよともな。ということは、どう対処するかは、われわれに一任されている。解放軍兵士と台湾軍兵士の見分けはつかん。……そういうことでいいんじゃないか」

「同感です！　不法侵入者という位置づけで問題無いでしょう。そういうことでいいね」

赤石は、木暮に念押しをした。

「意見は言いました」と木暮が頷いた。

「じゃあ、そういう方針でいこう。俺はちょっと見回ってくるよ」

西銘が銃を担いでテントを出ていくと、赤石が

「木暮さん、ああいうのは困るよ」と窘めてきた。

「どういうことですか?」

「指揮官の意見を否定しているじゃないか」

「意見するのが、先任下士官としての自分の役割だと心得ています」

「そうだけどさ、そもそもうちの会社って格差があるじゃない。音無さんや土門さんの薫陶《くんとう》を受けた木暮さんらと、そこに入れなかった連中の格差がさ。特に西銘さんなんて、何度も異動願いを出しながら、音無さんにも土門さんにも嫌われてかなわなかった。だからそこらへんの機微というか、配慮がほしいわけよ」

「別に、兵士としての優劣で配属が決まったわけではないでしょう」

「あんたたちは勝ち組だからそう言えるんだろうけどね。『うちではこうやっていた』とか言われると、そこに入れなかった者はいい気はしないでしょう。正直、カチンとくる」

「わかりました。以後、注意します。部下にも、それとなく自慢話となるような話は止めるように言います」

「そうしてよ。気を悪くせんでください。木暮さん、あなたのキャリアには敬意を払うし、お目付役という立場もわかっているつもりだ。だが、部隊長に意見するのはよほどの時でないとね。今この緊張した状況下では、その権威に水を差すようなことは控えたい」

「気苦労が絶えませんね」

「ああ。俺みたいな、名ばかり中間管理職の下っ端は、そうやって生き残るしかなかったから。とにかく、頼んますよ」

木暮は疑心無く大変な立場だなと同情したが、その台湾軍フロッグマンを敵として扱うという方針はやはり間違っていると思った。

上官殿には申し訳無いが、自分が動いて手を打つしかないかと考えはじめた。

東海艦隊参謀の馬慶林《マチンリン》大佐を乗せたZ－8型大型ヘリコプターは、闇夜の洋上を東へと向かって飛んだ。

艦隊が近づくにつれ高度を落としはじめると、機体は風に翻弄《ほんろう》されて激しく揺れはじめた。

生きた心地はしなかったが、これが軍隊というところだ。仕方あるまいと、馬大佐はイヤーマフの下に更に耳栓をして寝にかかった。

起きた時には少なくとも機体は水平で、ローターはまだ回っていたが、エンジン出力はかなり落ちていた。クルーが肩に触った刺激で、現世に引き戻された。

機体の外から、拡声器が何事かを喚いていた。「ヘリの発艦に備えよ」と度鳴っているようだったが、幸い海面には激突せず艦上に戻れたようだ。

馬大佐は、東海艦隊旗艦として行動している075型強襲揚陸艦二番艦〝華山《ファーシャン》〟（四〇〇〇〇トン）に戻ってきた。それは、〝まるで餃子でも作っているかのように〟と西側から表されている中国海軍の量産軍艦の中でも最大級の大きさをもつ船だ。

強襲揚陸艦としてはアメリカのそれに継ぐ大きさで、すでに三隻が就役していた。更に五隻が建造中である。

大佐がブリーフケースを抱えてタラップを降りると、赤い警告灯を両手に持つ飛行班員が「頭を低く」と身振りで注意してきた。ローターは低速だが、今にも吹き飛ばされそうだった。

腰を屈めて艦橋構造物へと走ると、副官がハッチを開けて待っていてくれた。

「状況は」と聞くと、「提督から直接お聞きください」と言いながら先導して歩いた。

本来の東海艦隊の旗艦ではないため、未だに艦内の〝道〟に慣れない。迷ってばかりだ。

司令官居室に出頭すると、東海艦隊司令官の唐《タン》東明《ドンミン》海軍大将（上将）が、居室の隣に設けられている小会議室の机についたところだった。

「起こしましたか？」

「大佐を乗せたヘリが着艦したら、起こすように命じておいたんだ。毎時間、潜水艦警報で起こされるんだがな。昼間の警報の九割は誤報だ。なぜ誤報だとわかるか、しばらくすると鯨《くじら》が浮上して呼吸するのが哨戒ヘリから見えるからだ。暗くなってからはわからん。哨戒ヘリの赤外線センサーは、水面の鯨すら見分けられない。だから、鯨か、それ以外の何か、潜水艦なのかも不明だ。まあ、私は慣れたが。それで収穫はあったかね？」

「鯨の音を聴き取れるようになっただけでも立派ですよ。収穫はあります、いろいろと。まず、各艦を怯えさせた原因の、フリゲイト撃沈前後の動画を手に入れました。南海艦隊、なんだかんだ言って情報を出し渋りましたが、中南海から命令を出されたいかと脅して手に入れました」

馬大佐はブリーフケースを開け、五〇インチ・モニターに持参したUSBメモリを接続した。

「例の、開発中の早期警戒機と哨戒機はどうだった？」

「手応えありです。ぜひうちで活躍してもらいましょう。ただ、東沙島で潜水艦を発見したのはご自慢のLiDARではなく、いわゆるEOセンサーでのことです。台湾艦がうっかりエンジンを始動させた時の熱を探知したようですね。それでも、他の哨戒機のEOセンサーでは探知できなかった反応ですが」

「早期警戒機は、ステルス戦闘機が見えるのか

ね」

「少なくとも、うちのステルス戦闘機は、くっきりと映るそうです。F－35はまだ近くに飛んできたことがないため、見えるという約束はできないと」

「それは、本当は飛んできているのに見えていなかっただけ、ということはないのかね？」

「理論的な説明を受けましたが、私は納得して聞きました。期待できます。哨戒機のLiDARも、こういう大陸棚でこそ真価を発揮できる」

USBメモリに入っていた動画が再生された。

「最初の映像は、付近を飛んでいた哨戒機の赤外線画像です。続いて、近くで対潜哨戒していたフリゲイトのブリッジからのカラー画像で、こちらはパニックに陥ったブリッジの音声も入っています。南海艦隊は、このみっともないパニックを知られるのが嫌で、最初断ったのでしょうね」

それは、水上艦乗りにとってまるでホラー映画を見ているような恐ろしい映像だった。巨鯨がブリーチングでもするかのように、巨大な潜水艦が突然大海原を割り軍艦の目の前に浮上してきた。浮上してくるというより、水中からジャンプしてきたと言った方が正確か。それを、味方フリゲイトのすぐ目の前でやってのけたのだ。

艦首を空中に突き上げた潜水艦は巨大な水しぶきを上げて着水すると、しばらく浮上していた。だがフリゲイトが果敢に向きを変えて舳先を見せた途端、何事も無かったかのように艦首から沈んでいく。その時、一瞬だが艦尾が持ち上がり、スクリューが空中に覗いた。

「X舵だ！」

「はい。近隣でX舵を持つのは、日本の潜水艦のみです。その動静情報から、オーストラリアとの共同訓練を終えて帰投中の〝そうりゅう〟型潜水艦後期タイプだと判明しています。リチウムイオン装備の――」

「最新型なのか?」

「いいえ、最新型はすでに就役しつつあります。日本はどういうわけか、あんなに貧乏になったのに、潜水艦だけは熱心に建造し続けています」

「これでも最新型じゃないのか。驚くね……。だが、これは何の真似だ。われわれはろくな対潜技術ももたないが、わざわざこんなことをしでかして姿を見せるのは、愚かな行為だろう」

「理由はわかっています。この時、日本の潜水艦は、台湾海軍の潜水艦の背後にいました。そして南海艦隊の水上艦部隊は、旧式の潜水艦〝海龍〟ですが、それを追い込みつつありました。それを助けるため、日本の潜水艦は水上艦の耳目を逸らすためわざと派手に浮上して見せたというわけです。水上艦部隊が、それが囮であることにも気づかず、日本の潜水艦を撃沈できれば勲章ものだと色めきだって追撃をはじめました。しかし、もちろん見つかるはずもなく、日本は〝海龍〟の前方に立ち塞がっていた味方フリゲイトを魚雷攻撃し、血路を開いて二隻とも脱出に成功した。……ということらしいです」

「そして南海艦隊は面目丸潰れ、というわけだな」

「結果としては、そういうことです。ただし、われわれが同じことをやられても、結果は変わらなかったでしょう。敵の方が数枚上手です。われわれは素人スイマーで、向こうはオリンピック選手。彼らから見たら、昨日平泳ぎを覚えたばかりの小学生みたいなものでしょう」

「この戦争は、どう考えても一〇年早かったと思わないか? ちゃんとした技術を身につけてからでも、遅くはなかったかもしれん」

「中国社会の老齢化を考えれば、一〇年後のわが国に、その体力があるのかはわかりません。今がこの国と人民の絶頂期なのでは？　だから、今しかタイミングはなかった」

「……それにしても、たまげた連中だ。こんな性能と乗組員がいる潜水艦が、われわれの前方に待ち構えているんだろう。これで釣魚島なんて奪えるのか？」

「水上艦で接近するのは。自殺行為でしょうね。作戦を立て直す必要があります」

大佐はテレビを消して、自らポットのコーヒーをカップに注いだ。提督にもと告げたが「私は飲み過ぎだ」と断られた。

「台湾軍に関する情報も入ってきている。陸上部隊及び艦隊が、南への移動を続けているそうだ。左営や高雄へな。雷炎《レイイエン》大佐とは会えたのかね」

「いえ、残念ながら。彼を呼べないのであれば、部隊ごと借りるしかありませんね」

「東沙島から撤収しているところだろう。そんなことをしていいのか」

「問題ありません。彼らは実戦も経験し、度胸も身につけたことでしょう。このまま台湾本島攻略に備えて休ませるのは勿体無い」

「東沙島を奪還される危険はないのかね」

「あります。二つの理由からですが、第一に、南海艦隊は敵潜水艦の再攻撃に怯え、東沙島の西へと退避しました。大陸棚の上なら、まあ安全だと考えてのことです。島の東側は防備が薄くなった。事実上、戦闘機でしか守れていない状況です。そして台湾軍は、こちらのその状況につけ込み、間髪入れず反攻作戦を仕掛けてくることでしょう。尖閣と東沙島に分かれて仕掛ければ、われわれに二正面作戦を強いることができる。尖閣は、まあ日本に任せておけば済む話ですから。台湾軍は、

「で、どうするんだ？　強襲揚陸艦で大部隊を送り込むことはできなくなった」

「空から殴り込むしかないでしょうね。自衛隊を挑発し、消耗させ、上がってくる戦闘機が減ったところで一気に殴り込む。対艦ミサイルを抱いた攻撃機で威嚇して自衛艦隊を下がらせ、嘉手納《かでな》や普天間《ふてんま》は、事前警告した上で弾道弾攻撃して基地機能を麻痺《まひ》させます。一週間も時間稼ぎをすれば十分です」

「アメリカが本気で怒ったらどうするんだ」

「自分は、アメリカ人を知っています。東沙島も釣魚島も、無人島です。そんな島のために海兵隊は出ません。口先で何と言おうがです。台湾本島に上陸したら別でしょうが、それとて台湾とアメリカに防衛協定があるわけでもない」

「では、台湾争奪はどうなるんだね？」

「総力戦となります。海峡を挟み次々と増援部隊
を東沙島奪還に専念できる」

「せっかく苦労して奪還した島だ」

「雷炎大佐なら、きっとこう言うでしょう。──台湾が奪還したいというなら好きにさせておけばいい。部隊が上陸し終えたところで空から仕掛け、ミサイルを叩き込み、今度こそ更地にすればいい。そう言うと思いますよ。あの島には、領土という以外に値打ちはありません。あそこを四六時中台湾軍の脅威から守り抜くには、それなりの戦力を貼り付けておく必要がありますが、今はその戦力が惜しい。注力すべきは釣魚島攻略であり、東沙島防衛ではないのです」

「東暁寧《トンシィアオニン》が、うんと言うかな」

「空母はこちらが抑えています。不満は出るでしょうが、このままあんな小島を守り戦争を終えたいはずもない。海軍全体の利益を考えれば、協力するはずです」

と補給物資を送り込むわれわれと、それを空から阻止を試みる米軍との、凄まじい戦いとなるでしょうね。しかし、最終的にはわれわれが勝ちます。アメリカにとっては、所詮、海の向こうの争い。この戦争が終わった後には、この二一世紀の世界を誰が支配するのかはっきりします。アメリカの世紀は、台湾を失うことで永遠に終わる」

「……ならそれは、何年くらい続くんだ？」

「二〇年くらいは、大丈夫ではないですかね。その後は、インドに取ってかわられる。とにかく釣魚島は、日本が〝戦略的忍耐〟という絵空事を論じている隙につけ込むしかない。今を逃しては、台湾を奪還する機会は永遠に失われます。本土で疫病が拡がる前に、やり抜くべきです。ここで足踏みしていても、状況は変わりませんよ」

「わかった。南海艦隊を一部借り受け、釣魚島攻略に第164海軍陸戦兵旅団を投入することにしよう」

「そうしてください。命令が発せられたら、ただちに雷炎大佐を呼び寄せて作戦を詰めます」

大陸本土で疫病が蔓延するパンデミックが早いか、それともわれわれの台湾攻略が早いかどちらかだ。

疫病の蔓延度によっては、戦争どころではなくなる。

その前に決着を付けるしかなかった。


豪華客船〝ヘブン・オン・アース〟号の船内では、夜明けまでに新たに一〇名が発症し、病室には五人が収容された。用意していた新しい病室も開けられた。

乗り込んできた防衛医大の医療班は感染者の疫学的調査を行っていたが、まだ法則らしきものは発見されていなかった。

上海入港前夜に開かれた中国政府主催の歓迎パーティが狙われたことは明らかだったが、感染はすでに乗員にも拡がっていた。

乗客にはただ自室に閉じこもっているよう命じれば済むが、食料を配る乗務員に部屋を出るなとは言えない。感染リスクを計算し、誰を動かして誰を隔離するか、その見極めが大切だ。

是枝飛雄馬は一時間おきに病室に入っては、同僚の浪川恵美子《なみかわえみこ》のバイタルをチェックしていた。酸素飽和度は低いまま、熱もずっと三八度台後半で留まっていた。時々意識を取り戻したが、辛そうな姿に、言葉も出なかった。いつ悪化してもおかしくない。

是枝は何度となく原田一尉から寝るよう注意を受けたが、横になることはなかった。誰かがもう夜明けだと言った声を聞いても、舷窓を見る気にもなれなかった。

看護師として乗り込んでいる原田拓海一尉は、診療所の上のデッキに陣取る人民解放軍の特殊部隊から呼び出され、防護服を着替えてからデッキを移動していた。

ここでのマストなルールは、デッキを上下に移動する時は防護衣とマスク類を全て交換することだ。

相手方が指名してきたのは音無だったが、音無が発病したことを告げ、自分は彼を少し知っているから代わりに話を聞くと言って出向いた。

特殊部隊に所属していることは明かさなかったが、察しはついているだろう。

四一四突撃隊の残存兵をまとめる莫裕堅《モォユウキン》少佐は、流ちょうな英語を喋る士官だった。原田の北京語能力も最近めきめきと上達していたが、日常会話をスムーズにこなすレベルではない。

二人はバルコニーに出た。左舷側の客室なので朝焼けは見えないが、外は確実に明るさを取り戻している。並走する巡視船のシルエットも良く見えた。

「皓《ハオ》曹長の容体はどうですか？」と少佐は聞いた。曹長が銃撃を浴びつつ応戦してくれたお陰で、少佐は命拾いしたのだ。

「安定しています。感染がなければ、助かるでしょう。このまま船内にいても大丈夫です」

「ありがとうございます。今の感染状況は、どうですか」

普通の客室に陣取る少佐らも、今はマスクをしていた。

「何とも言えませんね。このMERSがどのくらいCOVID－19に似ているかは未知数です。COVID－19は、インフルエンザほど毒性は強くなかったが、発症する前にウイルスをまき散らすことで拡散した。その特質を備えているかどうかに研究者は注目していますが、今はまだ結論は出せない。われわれとしては、COVID－19と同様の扱いで対応することでこの感染拡大を食い止めるつもりでいます」

「例のアラブ人の犯行声明で、北京の指導部が激怒しています。うちの部隊長は常識人ですが、受けている圧力はわかる。敵を制圧しろと命じられています。その策を講じろと」

「気持ちはわかりますが、八人だけでは無理だということもおわかりでしょう。たとえ中国代表団の元軍人の皆さんを弾避けにしたとしても、制圧は無理です。敵は高度に訓練され、最高の装備を身につけた傭兵集団ですからね」

「できないなどとは言えません。こちらの事情も、察してください」

莫は、すがるような視線を向けてきた。

「……この客船は、夕方には東京湾に近づきます。政府は、どこであろうと接岸は許さないと言っています。感染した乗客が海に飛び込む可能性があるので。ですが、どこかで停船はする。そうなったら、深夜に海上保安庁の特殊部隊が仕掛けるはずです。その手柄は、皆さんのものとなる。中国政府には、それで納得してもらうしかありません。今夜までの辛抱です。本国には、日本側と連携しつつ制圧作戦を立案中であることを伝えてくださ い。わが国政府からも、そう伝えてもらいます。作戦には、先に潜入した中国軍の協力が不可欠だから勝手に動いてくれるなとね。昨日から政府は中国側にそう説明しているはずなのですが……」

「頭に血が上って、そのようなやりとりを全部忘れたのでしょうね。手柄はいらないから、われわれも参加させてください。それを飲んでいただけるなら、その作戦までは静かにしています」

「受け入れられるとは思えませんが、要望は必ず政府に伝えます。ところで、発熱者はいませんよね」

「大丈夫です。三時間おきに全員の熱を測っています。今のところ、感染の兆候は無い。もちろん、全員が感染者だという前提で行動しています。睡眠を取り、食事もしっかり食べて免疫力の維持に努めています」

「大いに結構です。皆さんがこうして生き残ったことには意味があったはずです。無駄死には避けてください。負傷兵を抱えて、全員無事に船を下りてほしい。これだけの犠牲を払ったんです。誰もあなたを非難はできない」

「……お願いします。今それしか言えないのが、歯がゆいが」

原田は階下の診療所に戻ると、今度こそ是枝に寝るよう命じた。

何かと有能なスタッフだが、不眠や疲労は免疫力低下の大きな原因となる。

特に感染症病棟では、それは絶対に避けなければならなかった。

台湾軍海兵隊フロッグマンの岳威倫《ユエウェイルン》軍曹と呂《ルー》東華《ドンファ》上等兵は、夜が明ける前に三時間かけて移動した。

ギリースーツを頭から被り、彼らが事前に移動ルートとして開拓しておいた涸れ沢を登った。そこは両サイドの尾根から隠されて、遠くから発見されるおそれはない。

上空をドローンが飛んでいれば別だが、このギリースーツは赤外線放射もある程度抑制してくれる。それ以上に、この島で繁殖した山羊がいいカムフラージュになってくれるはずだ。

尖閣最高峰の三六二メートルの高さがある奈良原岳頂上を右手に見ながら東へと移動し、監視ポイントについて身を潜めた。

北の海が徐々に明るさを取り戻すと、今日は少し時化《しけ》ているのを感じた。上陸用舟艇を出せるような海ではない。白波が立ち、うねりがあった。

腹ばいになって双眼鏡で眼下を見る。一時間待つと、探していた相手が現れた。自分らはそうやって毎日待ち続けたのだ。

「ああ、遂にきましたよ。……やはり北側でしたね。南側は急峻《きゅうしゅん》すぎる。所々身を晒すしかない場所もあるし」

呂が指図する方角を、軍曹は狙撃銃の望遠スコープで見た。二人ひと組、四名の兵士が互いにカバーしながら西へと移動している。

少しずつの前進だ。ほんの一〇メートル進んでは、バディを呼び、次には後方の二人が一気に前に出て追い越す。それを延々と繰り返していた。

「あのＦＡＳＴヘルメットの迷彩は……」

「海南島カラーですね。海南島にいる〝蛟竜突撃隊〟の迷彩と装備です。間違いない」

「いきなり〝蛟竜突撃隊〟を投入してきたのか。こりゃ見物だな。日本兵はすぐそこまできているが、さて、どっちが先に気づくかな」

「日本側でしょう。連中は、別に前進する必要は無いですからね。ただ敵が現れるのを待てばいい。日本側が、断然有利です」

「せめて、暗くなるまで待つべきだよな。あれじゃあ、見つけてくれと言っているようなものだ。日本側を挑発しているとしか思えない。いったいどういう意図があってのことなのか」

「〝蛟竜突撃隊〟というのは、どちらかというと対テロ戦争の部隊ですよね。人質解放作戦とかの。こういう作戦――偵察任務のＴＰＯを知らないいんじゃないでしょうか。単純にそういう話のような気がしますが」

「うん？　なんだあれは」

　スコープの中のコマンドが、ふいに空を見上げた。

「おい、どこかでドローンが飛んでいるぞ。今、兵士が空を見上げた」

「高度はどのくらいだと思いますか」

「一〇〇〇メートルはないな。そこまで上がるには、それなりに機体を大きくする必要がある。大きくなれば、日本側のレーダーに引っかかる。だが、孤島は風が強いからクアッド・コプターでもない。手投げ式で、最高高度は三〇〇から四〇〇メートルだろう。翼を持っているはずだ」

　二人は、しばらく偽装ネットの下からそれを捜した。

「いた、九時方向。高度は三五〇メートルくらいですね」

「ああ、見えた。敵もバカじゃない。前方警戒はしっかり行いつつ前進しているわけだ」

やがて四人のコマンドが動きを止め警戒し、その後、また窪地を探して移動をはじめた。

しばらくはそこに立て籠もる様子だ。おそらく、ドローンが前方に敵を発見したのだろう。

日本側が気づいているかどうかはわからなかった。

第三章　ゴースト・ライダーズ

台湾中部太平洋側に位置する花蓮飛行場を飛び立ったF－16V戦闘機の四機編隊は、第5戦術戦闘航空団第17飛行中隊を指揮する劉建宏《リウジエンホン》空軍中佐に率いられていた。

開戦初頭、彼の部隊が東沙島攻撃への反撃として尖閣諸島へと飛び立ち、付近を遊弋《ゆうよく》していた海警艦五隻を撃沈したのだ。

今日は、大陸から現れた四機の戦闘機の迎撃に上がった。だが、その四機は奇妙な動きをしていた。まっすぐ東へ飛んだかと思うと、尖閣の領空を掠めた後、南へと方向を転じた。すでに航空自衛隊のイーグル戦闘機八機がインターセプトして国際周波数で呼びかけていたが、応答はなかった。

編隊は、まもなく航空自衛隊と台湾空軍の互いの防空識別ラインの中間地点に到達する。敵の意図がわからなかった。

だが目標を肉眼で確認できるまで接近した劉中佐は、酷く戸惑う事態になっていた。その戦闘機は、明らかに解放軍のものだったからだ。塗装は無かったが、胴体と主翼に赤い星のマークが見えた。

編隊を組んでいるとはとても言えず、四機がばらばらに、かなり離れて飛んでいた。つまり、互いをカバーできる隊形ではなかった。

航空自衛隊の戦闘機は、彼らが接近すると距離を取りはじめた。

劉中佐はいったん敵機と交差するとただちに反転し、先頭の機体の真横へとじりじり距離を詰めていった。国際周波数で呼びかけてみるが、もちろん応答は無い。さらに間隔を詰めてコクピットが見える位置まで接近する。

増槽を両翼下に下げていた。僅かだが、黒い排煙を引く。これがこの戦闘機の特徴だ。

武装も無かった。単に増槽を二本下げているだけ。コクピットを覗き込もうと上半身を乗り出したが、朝陽が反射しよく見えない。機体の下に潜り込み、東側に占位してさらに接近する。

二〇メートル近くにまで接近したが、順光を浴びているはずのコクピットの中は見えなかった。コクピットの風防ガラスは真っ黒だ。ペイントの類ではない。段ボールというか、布きれのようなものが風防ガラスの内側に張られているようだ。それで中が見えなくなっていた。

どういうことだと、中佐は首を捻った。後続の三機の戦闘機も、全く同じだ。

やがて、これは無人戦闘機だろうとピンときた。モノはミグ－21戦闘機。ベトナム戦争当時の戦闘機で、中国ですら一線を退きつつある旧式機だ。とてもイーグルやF－16戦闘機の敵ではない。

まともに編隊を組めていないところからも、これが極めてシンプルな自動操縦装置で飛んでいることは明らかだ。

しかし、その意図はわからない。何しろ武器を搭載していないのだ。

部下が撃墜許可を求めてきた。まだ領空侵犯はしていないが、これが敵の戦闘機である以上、撃墜しない理由は無い。

だが、判断を迫られた時、その四機の戦闘機は

またくるりと針路を変えた。今度は宮古島《みやこじま》方向へ、真東へと飛んでいく。

ここから先は航空自衛隊の領分だ。彼らもこれが無人機だということはすぐ気づいたはずだ。なら、措置は日本に任せればいい。無駄弾を撃ちたくはなかった。

旧式機を突っ込ませて、無駄弾を撃たせることが目的かもしれなかったが——。

その後、四機の戦闘機は那覇《なは》の手前、沖縄本島の領空ぎりぎりまで進むと、また突然向きを変え、海上自衛隊の護衛艦隊が展開する尖閣諸島東部沖合を飛び、大陸へと引き返していった。

結局、撃墜しなかった。日本は、その無人戦闘機の編隊を見送っただけだ。

花蓮《ファリエン》基地に着陸した劉中佐は、半地下の指揮所へと駆け込んだ。次々と味方戦闘機が発進していく。新たな敵が出てきたようだ。

地下指揮所のスクリーンを見上げると、東シナ海に次の編隊が現れていた。まともな編隊が組めていないことから、これも無人機なのだろう。

四機編隊が、二〇〇キロほど距離をとって東へと向かっていくのがわかる。

「あれは何ですか」と、第5戦術戦闘航空団を率いる李彦《リーイエン》空軍少将に聞いた。

「ぞっとするよね。ナゴルノ・カラバフ紛争の再現だ。解放軍は、旧型の戦闘機をドローン化することでわれわれに無駄弾を撃たせて、燃料を無駄に消費させたいんだ。その上、パイロットや戦闘機を疲弊させようとしている。あいつら、ミグ-21どころか、ミグ-19だってまだもっていそうだぞ。おそらく、一〇〇機単位で抱え込んでいるはずだ」

「でもこんな旧型機、フライバイとかにするには金がかかるでしょう」

「そんな面倒なことをするもんか。ナゴルノ・カラバフ紛争でも、アゼルバイジャン側は簡単な改造でアントノフ2型をドローン兵器に作り替えた。ロボットだぞ。アクチュエーター装備のロボット・ハンドで操縦桿を、スロットルレバー、ラダー・ペダルを動かす。あとは、まあギアの上げ下ろしくらいか。たいした金はかからない。見てくれは悪いが、GPSと連動させれば、高度計すら読む必要もない。無事に戻ったら、着陸程度は地上からパイロットがリモコンで操作するんだろう。……たいしたもんだ。実機でここまでやるんだから。連中が量産しているだろう攻撃型ドローンの数を思うと、ぞっとするね。たった一度、群攻撃《スウォーム》を受けるだけで、われわれの弾庫は空になる」

「これ、どうするんですか」

「さあな。日本も、どうするんだろうな」

ここで動きがあった。二度目の編隊は尖閣諸島の北側から沖縄本島に接近したが、航空自衛隊はこれを戦闘機のバルカン砲で攻撃して全機撃墜した。

三度目の編隊は、最初のように尖閣の南側からいったん台湾本土へ接近するそぶりを見せたが、今回は台湾空軍司令部から撃墜命令が出た。こちらもバルカン砲で撃墜された。

「バルカン砲の弾だって……」

「ああ、考えたくもないね。ミサイルよりは安いというだけで、たいした数を持っているわけじゃない。あんなものを撃墜するためにいちいち戦闘機を飛ばしていたんじゃ、パイロットも機体ももたなくなる」

そう言っているそばから、解放軍は次の無人機編隊を東シナ海へと発進させてきた。

物量にモノを言わせた神経戦だなと、劉中佐は思った。

航空自衛隊は、その無人戦闘機の群れを、〝幽霊飛行隊《ゴースト・ライダーズ》〟と名づけることになった。

075型強襲揚陸艦一番艦〝泰山《ターシャン》〟（四〇〇〇〇トン）は、護衛する艦隊に挟まれて北北西へと針路をとっていた。

艦内では、酒盛りこそなかったが、作戦を成功させた喜びに沸いていた。

上陸初期の犠牲は甚大だったが、少なくとも目的は達せられた。後は港に帰り、まともなベッドで兵士を休ませることが大事だ。

第164海軍陸戦旅団の主力は、まだまどろみの中にあった。ある者はトラウマに苦しめられていたが、とにかくここでの戦闘は終わったのだ。もう砲撃や銃声に怯えることはない。

旅団作戦参謀の雷炎《レイイエン》大佐は、士官用の四人部屋で寝ていたところを起こされた。

見ると、旅団情報参謀の戴一智《タイイーチィ》少佐が「お偉いさんがいらっしゃるため、身なりをしっかりさせろということです」と言いながら、戦闘服ではなく制服を引っ張り出していた。

「……同志主席でも来たのか」と、雷大佐は寝ぼけ眼で聞いた。直後、ヘリの着艦を報せる警報が鳴り響く。カシオの腕時計を見ると、まだ朝飯まで一時間はあった。

「インスタントじゃないコーヒーが飲めるといいな。熱いスープでもいい」

すぐに制服に着替えると、身なりを確認した戴少佐が「合格です」と告げた。

作戦会議室に向かうと、テーブルに白いクロスがかけられていた。すでに旅団長の姚彦《ヤオイエン》少将と、参謀長の万仰東《ワンヤントン》大佐が着席している。「遅いぞ、雷炎」と、参謀長が窘めてきた。

「……参謀長、参謀長、われわれの戦争はもう終わったんじゃないのですか」

「残念だが大佐、東沙島攻略は、われわれに課せられた作戦のほんの一部に過ぎないのだ」

姚提督がそう言った。

ここにお偉いさん——南海艦隊司令官の東 暁《トンシィアオ》寧《ニン》海軍大将が現れると、雷を除く全員が弾かれたように立ち上がって敬礼した。雷はやや遅れて、型通りの敬礼をした。

「諸君、まだ寝ている時間だったかもしれないが、急を要する案件でな。すまない。雷炎大佐、見事な作戦指導だった。もちろん、君らの部隊全員が良く頑張ってくれた。ただここだけの話、上陸時の醜態《しゅうたい》で、提督は茫然自失という感じだったな」

「面目もありません。あれは自分のミスです」

「だが、結果としてあれ以上の犠牲を出さずに、われわれは作戦を成功させた。敵にも味方にも、それ以上の犠牲を出さずに勝利したのは大きいだろう。フリゲイトを一隻失ったことは、われわれ水上艦部隊の責任だ。——実は昨日、東海艦隊から使者がやってきた。雷炎をくれというものだから、断ったんだ。それで恨みを買ったのかもしれん。部隊ごと釣魚島作戦に参加せよ、という命令が出た」

「また急ですね。釣魚島は、しばらく放置ということではなかったのでは？　レーダー・サイトがあるわけでもないため、台湾本島を攻略した後に手に入れてもいいと思われます。臨時滑走路を作れるわけでもありませんし」

姚提督がそう疑問を呈した。

「それが、われわれは東沙島攻略で手一杯だったため、東海艦隊の作戦は詳しく聞かされておらんのだ。どの時点で台湾本島に取りかかるのかすら、君らも知らんだろう？　誰がどこで兵站《へいたん》の手当をしているのかもな。私が聞いた話はこうだ。釣魚島攻略は、たいした戦力は必要無い。どうせ日本は戦略的忍耐などと言って、何の反抗もしないだろう。アメリカに泣きつくだけだ。それでかたはつく。一方台湾は、南の東沙島、北の釣魚島を同時に失うことで、民衆はたちまち戦意を喪失する。総統府は総退陣。北京へ忠誠を誓う傀儡《かいらい》を総統に据え、その後は香港攻略と同じく飴《あめ》と鞭《むち》を使って中国化する。――もちろんこれは最良の筋書きであり、こんなにうまく運ぶことはないだろう。台湾本島のどこかに陸兵が上陸したところで終わりだと考えられる。だがその頃には台湾空軍の戦力は灰燼《かいじん》と帰し、頼みのアメリカも動かないとわかった台湾は全面降伏する。台北が瓦礫の山と化すことはない。問題は、日本が掲げる〝戦略的忍耐〟というやつだ。これは言葉を代えれば〝何もしない〟〝何もできない〟というもの。彼らは台湾に味方して、こちらの軍艦を一隻沈めた。これが変数となった。そしてもう一つの変数は、われわれが日本の潜水艦の恐ろしさを知ったことだ。そのため、作戦の全体像に微妙な変更を強いられている。それはまあ、北京にいる戦略家たちが考えていることだから、われわれがあれこれ案じてもはじまらないがね」

「アメリカは本当に出てこないのですか?」と、万大佐が尋ねた。

「どうだかな。おそらく嘉手納から撤退しなければ、弾道弾を叩き込むくらいの脅しはするだろう。そうでなくとも、昨今の米軍はグアムを飛ばしてウェーキまで後退しそうなほど気弱になっている。――それで、問題は二つある。われわれは東沙島防衛の任を負っているが、ここを留守にして東海艦隊に協力していいかということ。そして、東海艦隊の戦いには勝ち目があるかということだ。この二つにかんして、雷大佐の意見を聞きたい。そのために、まだ暗いうちからヘリを飛ばしてきた。うちの参謀長は君を呼べばいいと言ったが、君らを直接労いたくもあったし、君たちが釣魚島攻略に参加するとなれば、その意思も聞かねばならない。だから礼を尽くして、私から来たのだ」

「陽が昇ってからでは駄目だったのですか」

雷大佐が率直に口を開くと、万大佐が「場所と相手を弁えろ」と叱責した。

「いや、いい。全く、君らしくていいな。それについては、朝飯の頃には艦隊の参謀連中と話を詰めなければならないのでね。それまでに君のご高説を聞きたいと思ったのだ。起こしてしまったのは申し訳無い」

「台湾のラジオでは、東沙島反攻へ向けて部隊を南下させているということでしたが」

ここで姚が、慎重な口調で言った。

「それは事実だと聞いている」

だが「ただの脅しですよ」と、雷があっさりと言った。そんな話を真に受けるのは馬鹿げているという顔で。

「彼らには陸兵を島に運ぶ輸送機はあっても、軍艦は足りない。民間の徴用船は的になるだけだし、それに、万に一つ上陸に成功してもわれわれのミサイルや爆弾が雨あられと降り注ぐため、全滅することはわかり切っている。だから、反攻作戦はただの見せかけです。われわれの戦力をここに引き留めるためのものね。他の可能性は無いでしょう。ここには中華神盾艦を二隻、それを守るフリゲイトを四隻ほど残し、あとは空軍に任せれば大丈夫です」

「もし日本の潜水艦がまた襲ってきたらどうするんだ」

「それも絶対にあり得ません。こんなところで、日本の安否に関係ない中国艦を沈めて何の得があります？　彼らは、その気になれば東海艦隊の奥深くに侵入し、揚陸艦も空母も好きなだけ撃沈できる。その性能をもつ潜水艦をもっているんですから。二〇隻もね。彼らが戦略的忍耐を貫いているというのは、ある意味正しい。我が海軍を潰滅させる能力があるのに、その武器を使おうとしないのですから」

「われわれが釣魚島を占領したら、日本は牙を剝くと思うか？」

その質問に、雷は一瞬考えてから口を開いた。

「難しいですね。あそこは所詮無人島。しかも、昨日まで海警艦が我が物顔で遊弋していた。にもかかわらず、日本側は一切反応しなかった。たとえその能力をもっていても、たかが無人島のために殺戮を繰り広げるのは躊躇《ためら》うのでしょう。ですが政治家というものは、どこの国でもですが、常に合理的な決断を下すとは限らない。これぱかりは、それなりの反撃があると覚悟した方がいいですね。だから私はさっさと軍艦を下りたかったんですよ。こんな鉄の棺桶に乗ったまま、真っ暗になった艦内で冷たい海水を飲みながら死んでいくほど惨めなことはないので」

「それを避けたいから、われわれは君のような人間を雇っているんだ。姚提督、このまま釣魚島攻略に向かっても大丈夫か？」

「はい、問題ありません。そもそも兵は、東沙島でもたっぷり睡眠をとらせていました。そして、雷大佐のお陰で無駄な戦闘をせずにすんでいます。海路移動で最低二日間は休めます。われわれはもう十分休みました。アメリカの対応に時間を取らせないためにも、作戦は中だるみすることなく展開すべきです。われわれが確固たる意思をもち、完璧な作戦計画をもってこの戦争に挑んでいることを敵に知らしめるためにも、われわれがいったん退いたと誤解を与えるような行動はとるべきではありません。攻勢あるのみです」

「私も全く同感だ。だが、兵士たちにはしばらくは黙っておいてくれ。昨日の今日でまた戦争に駆り出されるというのは、気の毒だ。いくら精強な海軍陸戦隊でもな」

「承知しました。若干補給が必要なのですが」

「そうだな。兵站担当だった雷大佐を参謀に取り立てたせいで、君の部隊はいろいろと支障をきたしているんだろう。雷大佐、後で名簿をくれ。君が推薦したい兵站作戦能力のある人物を一階級特進の上、仕事をさせてやる」

「それなら話は簡単です。私を降格して兵站担当に戻していただければいいのですから」

「やれやれ……。この男はいつもこうなのかね？」

「はい。時々、本気なのか冗談なのかもわからないのですが、馬鹿馬鹿しいので考えるのはやめました」

姚提督が笑顔でそう言った。

「全く心外ですね。上官の前で冗談を言ったことはありません」

「いや雷大佐、君はつくづく面白い男だ。君にはその才能に相応しい場所で仕事をしてもらいたい。――愉快な経験だった。同志諸君、お茶を飲む暇すらなかったが、君たちは北京から注目されている。出だしは最悪だったが、その後の挽回は見事だったとね。今後とも、活躍を期待しているぞ」

東提督が席を立つと、姚提督が見送りのため一緒に部屋を出ていった。

静かになった室内で、万大佐が「全く、貴様というやつは」とため息を漏らした。

「何か、提督のご機嫌を損ねるようなことでもありましたか」と、雷炎は真顔で聞いた。

「いいや、君はただ結果を出せばいい。われわれ凡人は、上官の機嫌をとって生き残るさ」

「上官のご機嫌を取ったからといって、戦争に勝てるわけじゃありませんよ」

「これは比喩《ひゆ》とか、もののたとえというやつだ」

万大佐は、うんざりだという顔をした。そして椅子に深々と腰を沈めた。

部隊長は威勢のいいことを言ったが、戦死者や負傷兵が抜けた穴埋めもしなければならない。このまま次の戦場に向かうのはどうだろうかと、万大佐は思っていた。

もう少し部隊の再編に時間をもらいたい。それに、東沙島攻略の褒美として休暇も得られるつもりでいたのだ。多くの兵達は、まさかこのまま次の戦場に向かうなどとは思ってもいないはずだ。

更に、安全だとはとても言えない台湾海峡を抜けて進まねばならない。とりわけ金門島沖は鬼門だ。防備が固いため金門島は無視するという戦略だったが、島には当然、艦艇を攻撃するためのミサイル部隊が潜んでいる。

それを躱すためには、台湾本島側に接近しなければならない。危険な瞬間が待ち構えていた。

それについては水上艦部隊が考えることだが、どうするつもりだろうかと万大佐は考えた。

そもそもが、我が海軍が東海艦隊と南海艦隊に分かれている理由こそが、この台湾海峡なのだ。

夜明けを迎えた上海は、まるで町が死んだかのように静まり返っていた。

外出禁止令が出され、深夜からずっと広報車が市街を回っていた。ラジオ、テレビ、ネットの緊急メッセージでも、外出禁止令が伝えられた。

電車、路線バス、タクシーなど、ありとあらゆる交通機関が止まっていた。道路を行き交うのは、警察車両と野良猫くらいとなった。

現在、大都会上海はゴースト・タウンのように静まり返っていたのだ。

テレビはどのチャンネルをつけても「二日前から上海駅を利用した者は、自宅から決して出ないこと。そして発熱した場合は地元の公衆衛生当局に電話するように」という呼びかけを行っていた。全国放送でも、「二日前から上海を訪れた者は自宅に留まることと、違反者には刑事罰が与えられると警告していた。

上海大学キャンパス東にある国内安全保衛局のセーフハウスでは、科学院武漢病毒研究所の主任研究員・馬《マ》麗夢《リーモン》博士が、同じ文言を繰り返す国営放送のボリュームを絞り、秦《チィン》卓《チウオ》凡《ファン》警部がレンジで温めてくれたピザを食べていた。

「せめてCNNが映ったら文句はないんだけど。ここは秘密警察の施設なのに、外国のテレビは映らないの?」

「必要ありませんから」と、秦警部はにべもなく言った。

「博士は米留組ですか?」と蘇躍《スウユエ》警視が尋ねた。

「ええ。オバマ政権の第一期にカリフォルニア大学ロサンゼルス校《UCLA》に留学して、あちらで博士号を取りました。本当は、そのままアメリカで研究を続けたかったけど、米中関係はおかしくなるし、正直、帰国した方が給料もよさそうだから帰ってきたの。待遇に不満はないけど、時々、本場のピザと、あの自由な空気が懐かしくなる」

「アメリカで永住権を取ろうとは思わなかったのですか」

「考えなかったといえば嘘になるわね。けど、両親はこっちにいるし、基礎教育を受けた祖国に尽くしたいという思いもあった。それに何より、私のことを女だからと見下したあの教授連中を見返したかったから、帰国はそれほど迷わなかった。人民はなかなか信じてくれないけれど、中国の研究環境は見違えるように進歩した。今は、間違いなく日本やヨーロッパをも凌駕《りょうが》している。給与でも研究環境もね。アメリカにある一部の先端研究所に、僅かに後れをとっているというだけよ。でも私は、若者には留学をすすめてる。違った視点を学ぶためには大切だしね」

「研究は楽しいですか？」

「逆に聞きたいわね。あなたがた、仕事は楽しい？」

「それは、答えに迷うな。われわれの仕事は、大なり小なり人民の恨みを買うから」

「私は、皆さんより恵まれているでしょうね。でもウイルス・ハンターの仕事は、刑事と似ていることも事実。コウモリを求めて洞窟《どうくつ》を探検するのは、犯罪者を追って魔窟に入るようなものなの。皆さんは銃で、われわれはマスクと防護衣で武装する」

テーブルに置いてあったスマホが震えた。馬博士はそれを取るなり「出たのね！　私のアクセス権をすぐ承認してください。……違う？　別物なの？」

そう言いながら自分のノート・パソコンに向かい、研究所のサイトにアクセスした。承認コードを入力すると、問題の遺伝子データの頁《ページ》に入れた。ところどころ、黄色や赤でハイライトされていた。馬博士は、それを二〇分ほど眺めた。そして、ため息をついてからマウスから手を放した。

「……何か問題でも？」

「ええ。ちょっと、困ったことになったわ。これ、遺伝子配列が画面に二列あるでしょう？　下の方は日本から提供された、客船の感染者のＭＥＲＳウイルスの遺伝子配列。上が、あの犯人が地面にぶちまけたウイルスの遺伝子配列です。全体の一割以上が違う。ほとんど別のウイルスといっていい」

「え、でもＣＯＶＩＤ－19も、くるくると変異しましたよね」

「いえ、これは間違いなく人工的な変異だわ。残念だけど、何をどう弄ったのかはわからない。たぶん、どっちも親じゃないと思う。二つとも、親から別々に変異させた、全く別の株だわ」

「あの、どこが違うのか全くわからないのですか」

この質問に、馬は椅子を動かして後ろで聞いていた蘇に向き直った。

「これは私の勘で、根拠も何もないことを先に断っておきます。――昨夜からずっと疑問に思っていたことよ。客船のウイルスはすでに死者まで出したのに、上海でばらまかれたウイルスの方は、未だ感染者すら発見されていない。私はその原因を、客船では市中より先にばらまかれたせいだろうと考えていた。でも、こうなると、発症速度が両者は違っているのかもしれない。つまり、客船のそれはすぐ発症して劇症に見舞われる。ここでばらまかれた変異株は、長く潜伏し、なかなか発症しないのかも」

「潜伏期間が長いということは、喜ぶべきことではないですよね」

「ウイルスの遺伝子を好きに弄れる技術をもった人間がいたとして、あなたなら、どんな性能を与えたいですか？」

「バイオ・テロということを考えると……やはり、ＣＯＶＩＤ－19のようなものが理想でしょうね。咳も熱も病気の症状は一切出ないのに、ウイルスは増殖されればばらまかれ続ける。そしてある日、突然発症し、すぐに悪化する」

「その通り！　私がテロリストでも、そういうウイルスを開発します。コロナ以前には無かった概念よ。無症状者がスーパー・スプレッダーとなってウイルスをばらまくなんてね。これがそういうものだったら、大変なことになる」

「研究所に報告を？」

「みんな私と同じ疑念をもつでしょうから、その必要は無いわ。それより問題は、その不確かな情報を上に上げていいかどうか。これがどういうウイルスかが判明するには、まだ数日はかかるはず。ひょっとしたら一週間から二週間はかかる。今回の件は、すぐにでも世界中の研究所にデータを公開し、人類総がかりで解析すべきだわ。中国政府は、前回それで大失敗して世界から叩かれたけど」

「自分は一介の捜査官で、そんな人脈は……」

蘇はここで口ごもった。これが中国を救う結果に繋がるのであれば、自分の地位など構っている場合ではない。それに、一人だけそれができる人物に心当たりがあった。

「ちょっと一本電話をかけてきます。馬博士は研究所に電話を入れて、責任者と話してください。もし北京からその必要はあるかという問いかけがあった時に備え、完璧に正しい助言ができるよう待機させてくださいね」

「あなた、あてがあるのね」

「いや、そこまで確実なものでは……」

「凄い。惚れちゃいそう！」

蘇はスマホを持って屋上へと出た。気にならない程度に、近くにある上海大場空軍基地から軍用機のエンジン音が響いてくる。

この地に来てまだ一日しか経っていない。上海の地理もさっぱりだが、近くに空軍基地があることだけは秦から教えてもらっていた。普段は静かで、飛行機の離着陸は滅多にないということだったが。

　これから電話しようとしている相手は、シンガポールにあるインターポール・反テロ調整室《RTCN》代表統括官を務める許文龍《シュウェンロン》警視正。蘇がウルムチ支局に飛ばされる原因を作った男だ。そしてここ上海に蘇を呼びつけたのも、こいつだった。

　いけすかんやつだし、二度と関わり合いになりたくないと思っていたが、蘇は仕事だと割切り、彼の負託に応えていた。立派に結果を出してやっているという自信はあった。

　電話が繋がると、許はすぐに「状況を教えろ」とぶっきらぼうな口調で迫ってきた。

「……変化はない。未だに感染者は見つからない」

　その後、ここで見聞きしたことを伝え「世界の協力を得るために、情報の公開が必要だ」と言った。それも、なるべく早くだと。

「言っていることはわかるが、同志よ。北京のお偉方は、こと国外に情報を出すとなると、餃子のレシピですら嫌がるような連中だ。慎重に動かなければならない。仮に、やるとしてもな」

「貴様には、それだけの政治力があるんだろう。今回の騒動で点数を稼いで、中南海の覚えもいいはずだ。貴様が言うことなら、レシピすら隠したがるっていう連中も話を聞くんだろう」

「……わかった、手は尽くす。武漢の研究所とは話は、できているんだな？」

「その前提で今、準備させている」

「この変異種だが、中国の外に出たとは考えられるか」

「変異種じゃない、変異株だ。なぜか知らんが、科学者はそこんところの用語用法には煩い。……それについては、何とも言えん。その可能性も考えて、情報は素早く公開した方がいい。でなければ前回同様、中国は世界中から批判されることになるだろう」

「了解した。とにかく全力を尽くす。感染者の発見を急げ」

「わかっている。以上だ――」

たまには、あいつにも危うい橋を渡ってもらわんと、電話を切った蘇は思った。

シンガポールなどという清潔で、世界の美食が集まる夢の土地で国際捜査ごっこなんて、虫が良すぎるというものだ。

その上海から南へ一五〇キロ、人民解放軍寧波海軍飛行場の掩体壕が並ぶエリアは、どこからも目隠しされていた。

そこに置かれた二機の機体はいずれもテストベッド機であり、海軍航空隊にとって最高機密だった。しかし、残念ながら掩体壕に隠すには大きすぎた。

KJ-600（空警-600）型機は、形状は、アメリカのE-2D早期警戒機〝アドバンスド・ホークアイ〟にそっくりだったが、このお椀型のレーダーはまだアメリカも研究中のデュアルバンド・レーダーだった。理論上は、これならステルスも見えるはずだ。

その隣にある四発エンジンのY-9X型哨戒機は、機体の出来はいまいちだが、搭載している対潜システムは最新型で、しかも海面の盛り上がりを探知するためのLiDARを胴体真下に装備していた。

毎秒一〇〇万回のパルスを発射し、地面の凹凸《おうとつ》を精確に弾くこのシステムは、元はジャングルの下に埋もれる遺跡調査などに使われていたものだ。

潜水艦は、海面近くを航行するとその巨大な船体によって排水効果が生じる。ほんの僅かだが、海面を盛り上がらせる。従来はそれを合成開口レーダーや逆合成開口レーダーで探知していたが、LiDARの方が桁違いに精度を稼ぐことができた。

KJ－600の開発を主導した浩菲《ハオフェイ》中佐は、熱々のコーヒーを入れた魔法瓶を持ち、掩体壕ひとつ挟んで隣に駐機する哨戒機のタラップを昇った。

戦術航空士席では、鍾桂蘭《チォンクイラン》少佐が取り憑かれたような表情でキーボードを叩いていた。

「桂蘭、もしかしてあなた寝てないの？」と浩は驚いて呼びかけた。

「え、あれ、もう朝ですか？」

窓のシャッターを開けると、外はもうすっかり明るくなっていた。陽の光が差し込み、少佐の涙の跡を浮かび上がらせた。

「ちょっと、大丈夫なの？」

「ええ。私のミスで潜水艦を取り逃し、フリゲイト艦〝巣《チャオ》〟が撃沈されて、二〇〇名の乗組員が死んだんです……」

「あなたは立派に任務を果たしたのよ。熱いコーヒーを持ってきたわ。私は先に離陸します。東海艦隊から無線が入って、あなたと直接話したいと言ってきたの。例の、艦隊参謀殿がね」

「東シナ海、低気圧が近づいていて時化ているんです！　LiDARの性能が著しく低下する。私は、もう誰も救えない……」

少佐は絶望した表情でそう訴えた。

「何今更そんなことを言っているの？　所与の条件は、前世紀に世界中の気象学者が答えを出してくれている。朝夕による干満、低気圧の吸い寄せ効果、波浪の波長パターン。あなたはまだベイズ推定を極めていないというだけのこと。さあ、まずはプログラムは日々ブラッシュアップできる。

一休みしなさい！」

中佐は同僚として、また友人として、彼女に休憩するよう言った。空のマグカップにたっぷりとコーヒーも注いでやった。

「そういえば、空軍の特攻兵器の話を聞いた？」

「何ですかそれ。まさか〝千手観音〟のことですか？」

「そう、それ。今朝から大量に繰り出しているんですって。海軍のレーダーに映っただけでも、もう二〇〇機以上が出撃したそうよ」

「あれは、技術革新に対する冒瀆《ぼうとく》です。あんなオモチャで……ロボット工学を愚弄しているわ」

「でも、安上がりじゃない。戦闘機を電子制御で自動操縦しようとしたら、一〇〇〇万ドルはかかる。あのシステムは一台あたりほんの五万ドルだそうだから、見てくれは悪くとも、軍は飛びつくわよ。何しろ複葉機から最新鋭のステルス戦闘機まで、何にでも装備できる。砂漠地帯で野ざらしになっている旧型の戦闘機を有効利用できるし」

「それで、勝てるんですか」

「どうかしら？　日本と台湾は、戦闘機のバルカン砲で叩き墜しているようよ。弾はともかく、パイロットと機体は確実に疲弊するわね。精神的に参る攻撃です」

通信兵が上がってきた。

「すぐに、洋上の馬大佐と衛星秘話回線を繋いで頂戴。鍾桂蘭をつかまえた。元気にしているとね」

中佐が女性通信士に命じた。中佐の早期警戒機は機長以外の全乗組員が女性だったが、この機体でも女性兵士の割合は高かった。

「さて、今のうちに詳細を伝えておきます。空軍は、現在そうやって日台空軍を疲弊させる戦略をとっている。海軍は、空軍が大攻勢を開始すると同時に尖閣諸島に上陸する予定だったけれど、何しろ潜水艦の脅威があるからいったん下がった状況にあります」

「尖閣諸島の東側海域には、海上自衛隊の二個護衛隊群が待機しているんです。イージス艦だけでも四隻いる。これをどうするんですか？　潜水艦は、おそらく三、四隻がそれよりずっと前に出ているはずです」

「空軍と海軍航空隊が飽和攻撃を仕掛けます。沈める必要はない。ただ、ほんの一〇キロでも下がらせればいい。そのどさくさに紛れて、陸戦隊が上陸します。ヘリか空挺かでね。日本側はすでに陸兵を入れているはずだけど、数で圧倒できる。味方の威力偵察隊も上陸潜入したそうです。私の機体は艦隊の少し前方へ出て、敵のステルス戦闘機を警戒する。あなたは大陸棚ぎりぎりまで進出し、接近する潜水艦をLiDARで発見する。ここでも撃沈の必要はありません。周囲に爆雷でも落として警告すれば、敵も無茶はしないでしょう」

「私の機体は、先輩の空警機より前に出るんですよね」

「心配しないで。付近には空母が二隻もいて上空を警戒している。あなたの機体が撃墜される時は、この戦争は負けるということ。そもそも私が後ろに控えている限り、ミサイル一発見逃さない」

衛星無線が繋がると、馬慶林《マチンリン》大佐の陽気な声が聞こえてきた。

「やあ、お二人さん！　昨夜は眠れただろうか」

「はい、全クルー熟睡しました」

浩中佐が答えた。

「調子はどうかな。こっちの海面状況は聞いているね」

「はい、あの……微調整が必要ですが、問題ありません」

鍾少佐は、沈んだ表情ながらも、しかしはっきりと答えた。

「そうか。艦隊の全員が君たちの活躍に期待している。君らの活躍無くして勝利はあり得ないとね。私からは以上だ。また寝る暇も無くなるが、よろしく頼むよ」

無線が切れると、少佐は項垂れた。

「こんな会話、する必要があったのですか？　何だか酷い嘘をついている気分ですが」

「尖閣諸島の北西側大陸棚の深さは、一五〇メートルもないのよ？　そんな場所に四〇〇〇トンもの巨体が現れて、排水効果が出ないなんてあり得ないわよ。あなたのシステムは、その浅さならマッコウクジラだって探知できるじゃない。もっと自信をもちなさい。海なんて、白波が立っていて当たり前なんだから。そんなこと、わかり切っていることでしょう。シャキっとしなさい。空に上がればまたアイディアも浮かぶだろうし、寝る時間もできる」

ここで空警機機付き長の高学兵《カオシュエピン》中尉が「中佐、そろそろ飛べますよ」とタラップの下から呼びかけてきた。

「了解、すぐ行くわ。桂蘭、私の機体は空母運用になるかもしれないから、しばらくは会えないかも」

「空母運用って、例のロケット・ブースター？　ぞっとするわね」

「本当に。今時、飛行機をロケットで放り出すなんて、〝千手観音〟の方がまだマシよ。でもそれで大陸基地まで戻る四時間のロスを穴埋めできるから、嫌とは言えないわ。とにかく、お互いできることをしましょう。あなたのシステムは、まだまだ改良の余地がある。それを幸運だと思うことね。繰り返すけれど、鍵はベイズ推定を究めること。初心に立ち戻りなさい」

「仰せの通りに。あ、その魔法瓶はおいておいて！」

機体を降りると、高中尉が待っていた。

「ロケット・ブースターは、何基用意したの」

「両空母に五セット分運びました」

「両空母？」

「はい。万一、一隻が撃沈されたらもう一隻で運用できるようにです」

「空母が一隻でも沈められたら、この戦争はそこでもう終わりでしょう。数千人の海軍兵を死なせてまでやり抜く価値があるとは思えない」

「お偉いさんたちがそう思ってくれることを祈りたいですね」

三〇分後、レーダーを搭載した円盤部に巨大な赤い星を描いた空警-600早期警戒機は、東シナ海尖閣沖へと向けて離陸していった。


それからさらに三〇分後、Y-9X哨戒機が続いた。

この二機の性能が、この戦争を戦い抜く全ての鍵と化しつつあった。

航空自衛隊・警戒航空団・飛行警戒管制群副司令の戸河《とがわ》啓子《けいこ》二佐は、ボーイングE-767型空中早期管制指揮機《AWACS》の前方キャビンでレーダー・スクリーンのコンソールの背後に立ち、次々と現れるゴースト・ライダーズの編隊に注意を配っていた。

ウイングマークをもつ彼女は、だが残念ながら戦闘機には乗り損ねた。空自初の女性戦闘機乗りは、彼女の後輩たちだ。その代わり、戸河はE-2C早期警戒機のパイロットになった。

人生には、それぞれの舞台が用意されている。後悔してもはじまらない。結婚し、子供も産み育てている今を是認し、前向きに生きることが大切なのだ。最高の人生ではないかもしれないが、恵まれた人生を歩んでいる。それに、今は幹部としてこの作戦に参加しているパイロットたちを守らねばならない。

ヘッドセットをかけた第六〇二飛行隊副隊長の内村泰治《うちむらたいじ》三佐が、「防衛実務国際法」というハンドブックを抱えて隣に立った。こちらはイーグル・ドライバー上がりだ。

「なにか面白い話でも載ってた?」

「このケースでは、ちょっと無理ですね。そもそも飛んできた無人機が、領空侵犯ぎりぎりで引き返していくという状況を想定していない。普通なら、有人機に警告して、有人機が領空から離れればそれで終わりですから。正直、危ういです。領空侵犯もしていない無人の戦闘機を撃墜するというのは、国際法的に非常に危ういと思います」

「よかった。あなたも私も、幸いにして決断する立場には無い。中国はぶつぶつ言うかもしれないけど、でもこれは明らかな挑発行為。海警艦が尖閣でやっていることを、空でやっているようなものだわ。しかも指数関数的に数が増えていく」

今、その編隊は八機に増えていた。八機の編隊が大陸の二ヶ所から現れて、それぞれ尖閣を挟むようにして飛んできていた。

一隊は尖閣の北から沖縄本島へと接近して南へ抜けようして、逆にもう一隊は尖閣の南から台湾本島を掠めるように飛ぶ。

日台で協議したわけでは無かろうが、北回りは航空自衛隊が、南回りは台湾空軍の戦闘機が迎撃した。だが、一隊に対応するだけでも八機もの戦闘機を上げる必要がある。全く割に合わない迎撃任務だ。

「こんな数の旧型機を何百機も自動操縦化して現

役復帰させれば、アメリカの情報機関が気づきそうなものだけどなぁ」

「彼らが見張っているのは、フランカーもどきや国産の戦闘機であって、こんなベトナム戦争時代の骨董品ではないんでしょう。もし情報を入手していたとしても、標的機を量産しているくらいしか思わない」

　彼女が乗るAWACSは、尖閣諸島から二〇〇キロ東の洋上高度四〇〇〇〇フィートを飛行している。レーダーには、ぎりぎり大陸沿岸部が映っていた。機体は、つい最近アップデートされたばかりだ。アメリカ空軍のAWACSとほぼ同様の性能を付与されている。

　寧波飛行場を離陸した何かが、レーダーの視界に入ってきた。その速度からターボプロップ機だとすぐわかった。向こうはまだ気象レーダーしか入れていないが間違い無くあれだ。

「きたわね……」

「ですね。一晩整備に費やしたことになる。向こうもだいぶ酷使されているみたいです。クルーが可哀想だ。——命令だ！　オペレーターは、地上に〝千里眼〟警報を出せ。まもなくレーダーの火が入ると」

　空自は、この最新型空警機を〝千里眼〟と呼んでいた。アメリカでの研究から、この手のデュアルバンド・レーダーには、F－35戦闘機は映ると判断が出ていた。

　この機体が出てきたら、味方のステルス戦闘機は引き揚げるか、後方に下がるよう命じられていた。

「この無人機の群れ、一部、海自の護衛艦に任せたらどうですかね。主砲の調整破片弾なら、高価なミサイルより安いでしょう」

「でも、バルカン砲の二〇ミリ砲弾よりは高い。

たぶん、一発でハイブリッド車が買えるぐらいの値段はすると思うけど」

「こんなこと、暗くなるまで続いたらパイロットはぶっ倒れて燃料も無くなります」

「少なくとも、解放軍が那覇基地の燃料残量を計算してやっていることは明らかでしょう。米空軍から融通してもらうしかないわ。どうせ彼ら、ウエーキまで後退するだろうし」

「本当ですか、それ。ただの噂だと思っていた」

「アメリカがこの戦争に協力してくれるなら、今頃とっくに嘉手納のイーグルが上がっているだろうし、グアムからはF－22戦闘機が飛んできているわ。彼らは嘉手納の部隊を参加させないことで、暗に日台両国に意思表示しているのよ。お前たちだけで対処しろ、とね」

AWACSを護衛するために、四機のF－2戦闘機が護衛についていた。九州本土からの応援部隊だ。オペレーターが、迎撃参加での離脱をリクエストしていた。

「仕方無いな、二機の離脱を許可しよう。次の護衛編隊も向かっていることだし。この機体も、そろそろ降ろしますか」と、内村が聞いてきた。

「いえ、交代機にも休息は与えたいわ。上が決めることだけど、こっちは空中給油さえ受けられれば、あと半日は持つでしょう。クルーは交代要員も乗せていることだし。それに、この群攻撃の顚《てん》末《まっ》も見届けたい」

「了解です。終わりがくればいいんですけど」

この後、どこまでエスカレートするのか見届けたかった。八機編隊の次は、一六機までいくのかどうか――。

さすがに、それは無理だろうと戸河は思っていた。

帰還を前提とするなら、その一六機がほとんど同時に着陸できるだけの滑走路と誘導装置を用意しなければならない。離陸は滑走路一本で済むが、着陸はそうはいかないのだ。

このくらいの数が限界だろうと睨んでいた。

第四章　戦略的忍耐

　土門は、自室のソファで横になっているところを姜三佐のドア・ノックで起こされた。普段、客がくる時以外は開け放たれている。

「大丈夫だ、寝てないぞ。起きてる！」と反射的に言って起き上がった。

　入室してきた姜は、点けっぱなしにしていたテレビのボリュームを上げた。

「一度、ご帰宅なさって風呂でも入ってきちんと寝た方がいいんじゃないですか」

「……俺、臭うか？」

「いいえ。ここは男所帯で、嗅覚はとっくに麻痺してますから」

　NHKで、臨時速報のテロップが流れていた。

「航空自衛隊機、中国軍機と交戦か」と出ている。

「君、何か聞いている？」

「いいえ」

　五分ほどすると、スタジオでメモを持つ記者の生放送に切り替わった。

「航空自衛隊の戦闘機が中国軍の無人戦闘機と思しき部隊と遭遇し、これを撃墜している。朝からすでに二〇〇機ほどが沖縄に襲来しているが、こちらに犠牲はない模様である。政府はその意図を計りかねている」と伝えた。

「……何だ、これ？」

「ですから、私は何も知る立場にありません。特戦群のお偉方は、市ヶ谷から何も言ってこないとご機嫌斜めのようですが」

「まずいだろうよ、こんな情報をテレビで流しちゃ。なんで官邸は止めなかったんだ？　官房副長官が放送局長に電話一本入れれば片づくのに」

「NHKで流れたということを考えると、誰かが意図的にリークし、政府はそれを止める気は無かったということでしょうね」

「だいたい無人戦闘機って、何のことだ？　ドローンのことか？　おい、ガル！　そっちに情報はあるか」

隣の通信指令室へ声をかけた。少しすると、そこからガルこと待田晴郎一曹が現れた。

「ネットの情報と一致しますね。まず那覇空港近くのスポッターが、今朝方から離着陸する空自機の情報をSNSに上げています。この人は、別に反基地運動家ではなく、純然たるマニアというかスポッターらしくて、リアルタイムでは情報は出さないんです。必ず数時間遅れて情報を上げる。最後に上げられた情報だと、八機単位でスクランブルに上がっています。それと、これもSNSで話題になったばかりなのですが、港に帰ってきた漁船の一隻が、頭上で爆発する音と、降ってくる残骸を写真に撮ってSNSに上げたようです。あっという間にトレンド入りしました」

「トレンドって何？」

「その人のツイートが、リツイートを繰り返されて、たちまちSNSのフィードを埋め尽くしたということです」

「ようわからん。だが、それは事実だったということだな」

「はい。その写真を今画像解析ソフトにかけてみたのですが、いわゆるドローンではありません。

ミグ－21戦闘機でした。旧型機をドローン化して突っ込ませているんでしょう。ナゴルノ・カラバフ戦争で、アゼルバイジャンがとった戦法です。旧型機をドローンとして飛ばして敵に攻撃させることで車両の位置を特定。そこに攻撃型ドローンを改めて突っ込ませるという。ここでの中国の狙いは、パイロットを疲弊させ、燃料を無駄につかわせることですね」

「これさ、別に領空侵犯機を撃墜したとはいってないよな。まずいんじゃないか？　無人機だというだけで、それを領空の外で撃ち落としたんじゃ」

「それ、問題ですか？」と待田が聞いた。

「大問題だろう。われわれは別に中国と戦争しているわけじゃないからな。依然として戦略的忍耐を継続中だ」

「でもこれ、あからさまな挑発ですよね」

「向こうは計算尽くでやっていることだろう。それに乗っかるのはどうなんだ？　これさ、GPSや北斗の座標で航法しているんだろう。乗っ取れないのか」

「中国のことだから、とうぜん自動航法装置も搭載しているはずです。衛星からの位置座標の整合性がとれなくなったら、自動航法装置のみで飛び続ける。でも、システムは覗いてみたいですね。こんな旧型機を、どうやって無人で飛ばしているのか」

「誰かを上がらせたら、乗っ取ることはできるか？」

「この戦闘機を丸ごとですか？　いやぁ」

待田は笑った。

「たとえば、C－2輸送機に消防車を乗せて離陸したとします。機体の前方に出て戦闘機のインテイクに向けて消火剤を噴射し、エンジンをフレームアウトさせる。そこまでは、なんとなくイメージできる。では、その後は？　一〇トンもある戦闘機をぶら下げるなり引っ張るには、それなりの準備と機体が必要です。その作業を空中でやるのは無理でしょう。風防だけを吹き飛ばし、その速度で飛ぶジェットのコクピットにパイロットを送り込むのも、アクション映画ならできるでしょうが……」

「そのまま帰らせるのはマズいのか？」

「だって連中は、また燃料を入れて飛ばしてきますよ。昼夜兼行でね。なら、叩き墜すしかないですよ」

「これは、中国によるありがちなサラミ戦略の一環だと思うが、次は尖閣を狙うというメッセージでもあるのか？　この後は、何が起こる？　予測ができないぞ。日本側が泣きを入れるのを待っているのか」

「何にせよ、更にエスカレートさせるぞ、という意思は読みとれますね」

姜三佐がそう言った。意思は読みとれるが、内容まではさっぱりわからない。それが不気味だったし、これはどの道、空自の領分だ。

自分がどうこうできる問題ではないという現実が、土門には歯がゆかった。

司馬がホテルの秘密の会議室で待機していると、まず王志豪《ワンチーハオ》退役海軍中将が現れた。

テレビを見たようで興奮していた。台湾のテレビでも、一斉にその謎の無人機のニュースを発信していたのだ。

最初は東京発だったが、やがて台湾国防部が、自分たちもその無人機部隊と交戦中であることを堂々と認めたのだ。

「何でも、コクピットは内側から黒く目張りされていて、中の様子は見えないそうだ」

「無人機自体は、攻撃はしないのですか？」

王文雄《ワンウェンション》が尋ねた。

「いや、全て非武装だ。今のところはな。空軍は、いずれは武装した機体を混ぜてくるだろうと睨んでいる。増槽を下げているのは、最初は帰還を前提にしているからだと思われたが、今は別の見方をしている。ミグ－21の航続距離だと、あのコースで飛んで大陸奥の空軍基地まで辿り着くのは難しい。となると、われわれはただ見守り、燃料切れを待って墜落させれば済むんだ。それでは困るからと、増槽を付けたんだろう。ひょっとしたらと思い一機だけ撃墜せずレーダーで追跡してみたら、大陸沿岸部まで戻ると上陸せずにそのまま同じコースで戻ってきたことが判明した。嫌らしいやり方だ。なら、否応なく撃墜するしかない。放っておけば、尖閣を三周くらいはする。いずれ奴らは、その編隊の背後から本物の戦闘機部隊で仕かけてくるはずだ」

テレビ・ニュースは、空軍当局者の話として、状況は極めて深刻で、この状態がもう数時間続いている。われわれは忍耐を持って任務に挑んでいるが、燃料やパイロットの体力にも限界があると伝えていた。そして、今こそ台湾国民の一致団結した支持が必要であるとも訴えていた。

しばらくして、司馬も名前だけは聞いたことのある人間が現れた。日本台湾交流協会台北事務所事務所長の肩書きをもつ、和泉史朗《いずみしろう》だ。外務省チャイナ・スクールの一人だった。

「お久しぶりです、提督。司馬さんも、初めまして。お目にかかれて光栄です。台北事務所にいてあなたに会わずに任期を終えると、潜りだと言われると――」

「誰が言っているんだか」と、司馬は気のない態度でそう言った。

「君はその、台北事務所ではナンバー3なんだよな？」と提督が尋ねた。

「はい。会長は民間人ですし、理事長が一応、外務省では上席ということになりますが、自分も大使相当です。ここの前はバングラデシュの全権大使でした。大使級が二人いるということで、つまり、日本がそれほど台湾を重視していると受け取っていただければと」

和泉は、流ちょうな北京語で喋った。

「上席の理事長は欧州派の人間なものですから、こういう場は北京語ができる自分が来た方がいいだろうという判断です」

ここからさらに五分後、お付きの者を連れた国防大臣の谷進強《クージンチアン》が現れた。司馬は二日前、高雄で苦い体験をしていた。そこで、この国防大臣が、左営軍港に入港した日本側潜水艦の拿捕《だほ》を宣言したのだ。それには王志豪も嚙んでいたが。

お付きを残し、国防大臣一人が入ってくると、王文雄も席を外した。

「うちの潜水艦は無事ですか？」とまずは司馬が口火を切った。

「特に連絡は入っていないが、無事だと思う。あの時は大佐に不愉快な思いをさせてしまい、誠に申し訳無い。何度でも謝るよ。――空については、報道の通りだ」

大臣はボリュームを絞ったテレビに視線を向けた。

「これが夜間もずっと続くと、みんなうんざりしている。解放軍はすでに五〇〇機からの戦闘機を出してきた。時々、ミグ-19が加わるようになった。あんなものをまだ抱え込んでいたなんて、驚いた。とりあえず、アメリカにはバルカン砲弾と、燃料の緊急提供を要請している」

「これは、どういう訪問なのでしょうか？」

「一つは、文句。もう一つは、日本政府への提案だ。戦略的忍耐というのは、いったい誰の発案なんだね？」

「それはですね」と、和泉が咳払いしてから口を開いた。

「元は、オバマ政権が北朝鮮政策に関して使った言葉です」

「つまり、何もしないという意味だろう」

「外交官の立場では、そこまではっきりとは言えませんが、最も適切な解釈としてはそうなります。事実として、オバマ政権は北の核及びミサイル攻撃を止めることはできなかった」

「君らはそれを、尖閣でも実践しているというわけだ」

「われわれ外務省が、公にしたことはないと思いますが。それに、これを言っては、現場海域で日々戦っている海上保安庁に失礼だ」

この発言に、大臣は拳を握りしめ「その日本の優柔不断な態度が、北京をつけ上がらせていると思わないのか！」と、テーブルを叩いた。

「われわれの判断ではありません」と、司馬が即答した。

「抗議は、外務省のみに言ってください。尖閣で寝た子を起こすなと自衛隊に説教し続けたのは、外務省のチャイナ・スクールですから」

司馬は、国防大臣と和泉の双方を睨みながら言った。

「外交官として、ご批判は、甘んじて受けます。わが日本外務省の宥和政策に問題があったのは、紛れもない事実です。しかし、事態がここまで進んでしまった今、それを言っても時計が逆に回転するわけではありません」

「台湾総統府は、公式にその戦略的忍耐の放棄を日本政府に要求する。だいたい君ら、尖閣沖に軍艦を二〇隻も並べておいて何の脅しにもなっていないじゃないか！　まるで空気のような存在だ。その優柔不断な態度が、解放軍を呼び寄せているとは思わないのかね」

「申し訳無いですが大臣、ここから先は純然たる外交問題であり、日本ではこのような問題に制服組が発言することを許されていません。私自身、意見を持ち合わせない。あんな無人島のために——」

「無人島だと？　今は解放軍の〝蛟竜突撃隊〟が上陸している。君らはまだ気づいとらんだろうが」

「失礼！」

初耳だった司馬は、和泉に目配せしてからただちに中座した。室内では、やりとりが続けられる。

「大臣……言葉はともかく、われわれは台湾海軍に協力し、海兵隊を救出したではないですか。解放軍の軍艦を沈めもしました。日和見《ひよりみ》な政策はともかく、やるべきことはやっています。そこを評価していただけませんか。大事なのは、スローガンではなく行動です」

「君たちはただの腑抜けだ。明日の朝、眼が覚めた時、釣魚島に五星紅旗が翻っていてもまた交渉して取り戻せばいい、外務省の利権がまた一つ増えたとでも思うんだろう？　島々が還ってくることが目的ではなく、外務省の利権が拡大することが大事なのだ」

「そういうことはありません。今ですらチャイナ・スクールは大きい。これ以上、大きくしようもないのです。そもそも私が防衛官僚から聞いたところでは、仮に尖閣諸島が解放軍に占領されても、台湾にとって軍事的な脅威になることはないという話でした」

「君は真顔でそんなことを言っているのか。冗談ではないぞ！」

和泉が一人で応戦を続けた。結果、中座した司馬が戻ってくるまで、大臣はこの発言から真っ赤な顔をしたまま口を閉じ続けた。

「……司馬さん、この大使閣下はな、釣魚島が解放軍に占領されても、台湾にとってたいした軍事的脅威ではないと仰る。あんたも同感かね？」

その質問に、司馬は臆すること無く「その通りです」と頷いた。

「滑走路を作れるわけでなし、野砲を置いたからといって、その砲弾が台湾本土に届くわけでもありません。ヘリパッドくらいは作れるでしょうが、二〇〇キロも飛んで台湾を攻撃するなら、本土から渡ってきた方が楽でしょう。レーダーサイトくらいは作れるかしら。でも、その程度の価値しかないのです。台湾にとっても防衛上何の損得も無いから、日台間では尖閣問題は浮上しなかった。そういうことではないのですか」

「われわれはすでに東沙島を失った。この上に、釣魚島に五星紅旗が翻ってみろ。総統府の威信は失墜し、民衆の怒りは大陸ではなく無能な政府に向かう」

「それはお気の毒ですが、単純に、国民のメンタルの話でしょう。軍事的な意味合いはありません」

「君らがそんな甘い考えを抱くなら、最初から台湾に譲ればよかったのだ。釣魚台を失ったところで、沖縄の安全には関係しないのだろう！」

「まあ、そういうことになりますわね。国民が快く思わないから、巡視船を張りつけ守ってはいますが。あの諸島が解放軍の支配下になったからといって、解放軍の艦隊が自由に太平洋に出入りできるわけでもないでしょう」

「……君らの言い分は、よくわかった。軍は、日本が釣魚島を防衛する気がないのであれば、先に部隊を上陸させて解放軍を迎え撃つべきだとの意見が主流を占めつつある」

「解放軍の上陸なんて絵空事です。海自の護衛艦隊は、すぐ近くにいる。たとえ戦闘機の燃料が尽きても、われわれは独自に尖閣を守り抜ける」

「いいや、君らはどうせただ引き下がるだけだろう。また『ここが戦略的忍耐のしどころだ』などと悔し涙を流しながらな。そんな連中に付き合えると思うか？　こっちはのど元にナイフの切っ先を突きつけられているんだ。……今、ワシントンDCと東京で工作中の案件がある。日台防衛協定だ。これを言い出したのは、われわれではなくアメリカだよ。連中は、参戦を躊躇っている。将来、もっと追い込められて米世論が動けば、全面的な協力が得られる可能性もあるが、そういう事態を避けるため日本と台湾が一時的でも防衛協定を結んだらどうかという話がホワイトハウス周辺から出ている。別に、日本も憲法違反ではないだろう」

「どうでしょうね」

和泉は首を傾げた。

「日米安保条約も、日本国憲法の制定後の軍事条約じゃないか」

「逃げ道が作ってあります。実は、相互条約ではないのです。アメリカに日本防衛の義務は生じますが、日本にアメリカ防衛の義務はありません。世界でも珍しい軍事条約です」

「それと同じで構わない。台湾は日本防衛の義務を負うが、日本は台湾軍の行動に関して便益を供与するのみ。それで構わないと皆言っている。われわれが困るのは、暴漢がそこまで迫っているのに、そこで財布を握ったままボーと立っているのは迷惑だというだけだからな」

「ずいぶんな言われようですね」と、和泉が苦々しい顔で言った。

「なら、さっさと釣魚島に正規兵を送り込め！援護はしてやる。無駄死にはさせんぞ。潜水艦を借りた礼だ」

ここでドアが外側からノックされ、顔を見せた大臣の秘書官が「そろそろ」と言いながら腕時計の盤面を叩いた。

「大臣、ご要望とお怒りはしかと本国に伝えます。本国政府としても、ただ座して北京の次の一手を傍観しているわけではないと私も信じています。事態が良い方向に回るよう、最善を尽くしましょう」

「そうしてくれ。王提督、あとはお願いします」

大臣が引き揚げる際、司馬も一応、礼儀として立ち上がり一礼はした。

部屋が静かになると、王提督が茶を一口飲んでから口を開いた。

「なあ、司馬さん。われわれが空挺兵を乗せた輸送機を飛ばしたら、君らは撃墜するか？」

「まさか。それが戦闘機でもない限り、台湾だとわかったら無視するでしょう。台湾はあんな場所には居座らない。でも領土問題は、どんなに平和的な国でも世論を沸騰させる。その後のことは、何とも言えませんね。……まさか、もう飛び立ったと？」

「何も聞いとらん」

王提督の「何も知らない」は信用できないと司馬は思ったが、顔にも言葉にも出さなかった。そんな司馬に、和泉が話しかける。

「しかし、言葉の響きは良くないかもしれないが、戦争だけは回避しなきゃならんでしょうな。そこは制服組も同意していただけるはずです。真っ先に死ぬのは、自衛官なんだから――」

司馬へうっかり日本語で語りかけるが、王提督も日本語でまくし立ててきた。

「何を寝ぼけたことを言っとるんだ、君らは！　現に、もう戦争ははじまっている。君らの哨戒機は撃墜され、クルーが死んだ。君らの潜水艦は敵艦を沈め、その二〇倍もの若者を死なせたじゃないか！　これが戦争でなくて、何だというんだ！」

提督はテーブルを叩き激昂した。

「しかし、提督。哨戒機の撃墜にかんしては、中国は偶発的事故であり陳謝すると表明しています。軍艦撃沈は、台湾軍潜水艦を救うためのやむを得ない措置であり、われわれは戦争行為だとは認識していません」

「平和な時代が長すぎたようだな。全く、失望したぞ。こちらは国の存亡が懸かっているというのに、君らは北京のご機嫌取りをしてお茶を濁すのか」

「たかが無人島を失う程度のことで済むなら、われわれは中国共産党のご機嫌取りもします。しかし、提督！　ここは誤解してほしくないのです」

和泉も負けじと真顔で王提督の瞳を睨みつけた。

「台湾は、名実ともに今や日本の同盟国です。米国の次に大事な同盟国です！　中国側に倒れた韓国より、遥かに優先する。それが赤化されるなんてことは、絶対に座視できません。だからわれわれは陰に日向に台湾の防衛力強化に協力し、血も流し、危険も冒した。北京と事を構えるタイミングは、慎重に見極めなければならない。今がそのタイミングなのかということです。司馬さんは、どうですか」

「個人として言えば、戦争回避に最大限のエネルギーを使うべきです。自衛官として言うなら、尖閣を奪われた後に奪い返すには、膨大なエネルギーと戦死者の山を築くことになる。ひょっとしたら、それでも奪還は不可能かもしれない。どうせ避けられない戦争であるなら、一刻も早く陸兵を投入し徹底抗戦の姿勢をアピールすべきです」

「そうです。私たちは、そのせめぎ合いの中で政策決定しなければならない。戦略的忍耐とは、そういうことです。いっそ中国が最初から大攻勢を仕掛けてくれれば楽に運んだでしょうが、あの国は老獪《ろうかい》です。日台を分離する工作に長けている。それに乗っては駄目なのです。提督、ここはなお一層の忍耐をお願いします。台湾にとって、決して損な状況にはならないよう、われわれは全力を尽くしますから。それだけは信じてください」

「外交官ってのは、人を丸め込むのがうまい。結果で示すことだな！」

王提督は、その手に乗るものかという顔で部屋を出ていった。入れ替わりに文雄が戻ってきた。

和泉が、少し怪訝そうな表情でその青年を見遣った。

「王さん、私はまたてっきり、あなたのことはただの、と言っては失礼だが、エリートであるだろうけれど、日本語が得意なだけの普通の党職員だろうと思っていた」

和泉がふと問いかけた。

「ええ。その通り、一介の党職員ですよ。僕みたいな若造はただの使い走りです。日台関係は、もっとベテランが動かしていますから」

「事務所の年始のパーティでは、あなたもＶＩＰ扱いしなきゃね。司馬さん、われわれが知っておくべき秘密は、まだありますか？」

「いいえ。彼のことは気にしないでください。空気みたいなものよ。いて当たり前だけど、いつも忘れてしまう。そうでしょう？」

「はい。それが理想ですね。尖閣は駄目ですか……」

王は、和泉に聞いた。本音での返事を期待する、率直な質問だった。

「そんなに困る？　あそこに解放軍が来たら」

「国民はショックを受けるでしょうね。台湾より遥かに軍事力に秀でた日本が、戦わずして尖閣諸島を中国に明け渡したとなると、おそらく一部の国民は日中間に何かの密約が成立していることを疑います。国民の士気は一気に衰え、総統府は民心のハンドリングができなくなる。皆さんは、それで戦争が終われば台湾は東沙島を失うだけで済むと思うかもしれないが、これは言ってみれば、オバマ政権の後のトランプ政権を誕生させる事態になります。できもしない過激な報復を叫ぶ政治家が台頭し、総統に選出されて次の戦争の火種になるはずです。結局のところ、今戦争を先延ばしにしたところで良い結果はもたらさないということでしょう。自分はそれを危惧《きぐ》します。明日の平和は訪れるかもしれませんが、それはもっと破滅的な状況を招くことになりかねないかと」

「なるほど……良い意見だ」

和泉はそれをメモしてから腰を上げた。和泉が部屋を出ていくと、今度は料理の匂いが漂ってきた。

艶やかなチャイナドレスを着た女性が、バスケットを持って「お待たせしました」と一礼して入室してきた。

「私がこの部屋に入ってはまずかった？　一応、知らないことになっているけど」

「ああ、ごめんなさい。昼ご飯の出前をお願いしていたんだ。わざわざ店長自らが来ることはなかったのに」と王が迎えた。

「いえ、いいんです。お店の書き入れ時は、もう過ぎたから」

司馬の経営する飲茶《ヤムチャ》屋の支店を切り盛りする頼《ライ》筱喬《シャオチャオ》は、バスケットから小籠包や特製茶葉が入った器を取り出してテーブルに並べはじめた。

「オカアサン、ちゃんと食べてます?」

「よしてよ、チャオ。ここでオカアサンなんて」と、司馬が顔をしかめた。

「いいじゃないですか。誰が見ても二人は親子みたいなものですよ」

王は微笑ましいと笑顔で言った。

「お客の入りはどうなの?」

「外国人観光客がやって来られない分の減収は痛いけど、台湾人ってこういう時こそ経済を回そうと躍起になるから、何とかやってます。今はちょっと仕入れの廃棄ロスが頭痛の種かしら。オカアサンからみっちり叩き込まれたけど、実際にやってみると難しいですね」

「引き続き頼むわね。そういえば、あなたたちは古い知り合いだったのよね?」

「ええ。私はなんとなく覚えてましたけれど……」

チャオは文雄を見て、少し照れながら頷いた。

まんざらでもなさそうなので、司馬は安心した。

「本当に申し訳ない。何しろ、僕も子供の頃だったから」

「男って、鈍感よね」と、司馬がぼやいた。

外の世界で起こっていることは危機的状況だったが、どんな時代にも、どんなに過酷な戦場でも、男女の出会いは救いになる。

司馬は自分にそう言い聞かせた。

台北市から少し南へ下がった桃園龍潭・陸軍第601航空旅団、別名〝龍城部隊〟の作戦会議室では、旅団長の傅祥任《フーシャンジエン》陸軍少将が、テーブルの上座に

ついてパイロットの身上書を捲っていた。

最初は「自分がいちいち口を挟むべきことではないからな」と鷹揚な態度だったが、後半に挟み込まれた一枚を見た途端、表情を曇らせた。

それを見た作戦参謀の馮陳旦《フォンチェンダアン》中佐の頬が、ぴくりと引き攣った。

「冗談だろう。この糞忙しい時に何の真似だ、これは！」

「何かご不審な点でもありましたか」

中佐はすっとぼけて聞き返した。

「なんでグラビア・アイドルなんぞがこのリストに入っているんだ」

「優秀だからであります。また本人が、強く任務参加を希望しました」

「だからって、グラビア・アイドルを戦場に突っ込ませろというのか？」

「彼女は立派な陸軍パイロットであり、お言葉ですが、グラビアといっても脱いだことはありません。少し、陸軍士官としていかがなものかという過激な水着写真をフェイスブックに上げたりはしていたようですがね。ですが、戦闘ヘリ・パイロットとしての腕は確かです。そこらの不勉強な男どもより、数段腕は良いのです」

「それは知っているが、万一彼女に何かあってみろ。軍は全国の若者を敵に回すことになる」

「しかし、逆に言えば彼女がもし軍人としての本分に従い戦場に飛び立ったことを国民が知れば、国民の士気はいやがうえにも高まるでしょう。それは、疑いようはありません。万一――もちろんあっては困りますが、彼女の身に何かあれば、それは国民の敵愾心《てきがいしん》に火を点けることにもなります。それとも彼女を排除して作戦を強行し、後日、あれは性差別だったと彼女に訴えられたいですか」

「責任をとるのは君ではなく、この私なんだが」

「はい。本官は、将軍の階級章に見合う責任だと思います」

「君は、彼女と話をしたのか」

「もちろんです。出撃の意志は固く、もし認められなければ、自分は放送局のディレクターに電話をかけて、事実を洗いざらいぶちまけると息巻いておりました」

「……うちの息子の部屋には、彼女のサイン入りのポスターが飾ってあるんだ。胸を強調したTシャツ姿で、ロングボウのコクピットで微笑む彼女のポスターがな。何かあったら、息子に殺される」

「彼女が部隊で、女であることを武器に使ったことは一度もありません。とにかく優秀なのです。正直、空軍にでも入ればよかったのにとは思いますがね。広報には非常に貢献してくれている。行きたいというなら行かせてやるのも、親心というものでしょう」

「……わかった。人選はこれで良しとする。〝赤本〟のシナリオに変更はない。成功することを祈ろう。失敗は許されない」

「はい、全力を尽くします。とりわけ兵站の維持に。日本は、了解しますかね」

「状況は聞いていないが、そういうことじゃないのか？　参戦しないということは、われわれの尖閣占領を容認するということだ。まさか、解放軍の上陸には目を瞑るが、台湾軍の上陸は阻止するなんて馬鹿げたことにはならんさ。堂々と行け！」

　その後、馮中佐はハンヴィに乗り込みAH－64D〝ガーディアン〟戦闘ヘリが駐機するハンガーへと向かった。

　途中で、第1中隊長の平龍義《ピンロンイ》少佐が飛び出てきて、エプロンで車を止めた。仕方無く中佐はここでハンヴィを捨て、二人で歩いた。

「もしかして、通ったんですね」

「ああ、どうしろって言うんだ。君は、どうなんだ?」

「女だから駄目なとどとは言えないでしょう。まさかこんなことになるなんて、誰も想定してなかった」

「しかし、本当に彼女でなければ駄目なのか? 他にも優秀なパイロットはいるだろう」

「副中隊長は基地に留まる必要があるし、自分が出撃したらナンバー3の乗り手は彼女です。それを外すには、それなりの理由がいりますよ」

「ひょっとして、俺たちは貧乏くじを引かされているのか」

「性差別は駄目だという建前になっているんだから、考えるだけ無駄でしょう。空軍戦闘機にも女性は乗っている。彼女らは飛ぶなとは言われてはいないはずです。陸軍が差別するわけにはいかない」

「そうだが、空軍の戦闘機パイロットはこんなカミカゼ任務を命じられてはいないだろう。まったく、とんでもない悪夢だ」

あっという間にハンガーに着いた。すでにフル武装状態の二機のガーディアン戦闘ヘリが待機していた。

「藍志玲《ランチーリン》大尉、君の出撃が認められた! 喜べ――」

整備兵に囲まれた藍大尉が満面の笑顔でガッツ・ポーズを掲げると、女性の整備兵たちが拍手した。

「任務は過酷でもちろん重要だが、必ず帰ってこい。でないと、われわれの首が飛ぶ。それに、万一、君が出撃したことを敵が知ったら、捕虜にするか撃墜しようと必死になって仕掛けてくるだろう。覚悟はしておけ」

「もちろんです、作戦参謀。必ずやご期待に応えてみせます。祖国を守るため、死力を尽くします！」

「了解した。出撃前に一応、広報用の記念写真を撮っておけ。何かあったら、総統府が戦意高揚に使うだろうからな」

もううんざりだ。なんで俺がグラビア・アイドルの子守などしなきゃならんのだ。そう馮中佐は小声で呟きながら、ハンガーを後にした。

一方、藍大尉は整備兵らとハイタッチを繰り返してから、その命令を祝った。

一時間後には出撃しなければならない。感激の瞬間はあっという間に過ぎて現実世界に引き戻された。それから以前書いておいた家族に向けた遺書を確認し、ロッカーの私物を片づける。そして

フライト・プランを確認した。

前席射撃手《ガナー》として組む黄益全《ファンイーチェン》少尉とフライト前最終チェックも行った。黄少尉は、階級こそ彼女より低いが、年上のベテランだ。

藍大尉にパイロットガナーを付けると、それが男だろうが女だろうが嫉妬を買うということで、所帯持ちのこの黄少尉が宛がわれていたのだ。

兵士を乗せたUH－60M〝ブラックホーク〟ヘリが二機降りてくる。だがエプロンには近寄らず、ずっと滑走路脇の誘導路でローターを回したまま待機していた。

藍大尉は、編隊長機に続いて離陸準備にかかる。ローターの回転数が上がると、ハンガー前で大勢の仲間たちが手を振って見送ってくれた。

大尉は、敬礼で応じた。

私は、グラビア・アイドルなんかじゃない。戦うために軍隊に入ったのだと思いながら——。

魚釣島に上陸した民間軍事会社の小隊は、解放軍特殊部隊がすでに上陸しているという報せに緊張した。

追いかけていたのは台湾軍のフロッグマンであって、まさか中国兵がいるとは思わなかったのだ。もしそうなっているなら、台湾と中国で真っ先に戦闘が発生するだろうと考えていた。

西銘悠紀夫元二佐は、テントの中で荒れていた。

「あり得ないだろう！　いったい、どこから来たんだ？　空挺は無い。潜水艦で上陸したのなら、海自はいったい何をやっていたんだ。哨戒機を撃墜されておきながら、あいつらは国体護持の気概もないのか！」

「全く仰る通りです。これだから海自は当てにならん！　しかし自衛隊機は、尖閣諸島には接近してはならないことになっていますからね。それで見逃したのかもしれません」

赤石元三佐が、ご機嫌をとる。

「……ふん。とりあえず台湾兵のことは忘れよう。木暮さん、防備はぬかりないね」

「はい。敵が上陸してきたら、この僅かな平野部を攻めてくることはわかっていたので、守るべき稜線を決めて防御陣地を何カ所か作らせました。敵の規模にもよりますが、相手が歩兵のみなら味方の援軍が到着するまで持久できます」

「特殊部隊同士の戦いは、ワンサイド・ゲームになりがちだぞ。気をつけないとな。しかし、ここは平野部と言っていいのかね。地面は掘れないし、よそよりは傾斜が緩やかな斜面というだけだ。持参した日の丸を立てよう！　灯台の横がいいな」

「はい、士気が上がりますね。われわれの戦闘は、海保の巡視船が見届けてくれるでしょう。いざとなれば、仲間同士です。巡視船が接近して、沖合から機関砲を撃ちまくってくれるかもしれませんし」

「うん。まあ他力本願はいかんが、まさか見殺しにはされんだろう。斥候は呼び戻し、すぐ戦闘配置を命じよう」

彼らが戦闘準備に追われている間も、じりじりと解放軍兵士は接近していた。

当初は、交戦は極力避けよ、ただ捕虜をとり尋問せよという命令だったが、途中から東海艦隊が指揮系統に割り込んできて、威力偵察に切り替えて早急に敵戦力を見積もって、可能なら殲滅せよと命じてきたからだ。

敵の部隊が中隊規模ならいったん下がるしかないが、出てきた斥候の規模からの推定では、小隊規模にすぎないということだった。

〝蛟竜突撃隊〟を率いる宋勤《ソンチン》中佐は、一個分隊を山脈の稜線上へと迂回させ、本隊は北の海岸線に沿っての前進に切り替えた。

ここはもう、どうしようもない島だと思った。ジャングルは深いし平野部は無い。角度がいくぶんなだらかか、それとも急か。たったそれだけの違いだ。

こんな小さな島に、三〇〇メートルを超える堂々とした山が聳《そび》えている。海岸線といっても砂浜があるわけでもない。海水浴場としては全く不合格だ。

事前の地図読みでは、それなりに移動ができるルートがあると考えていたが、実際は波打ち際までただ急峻な山肌が続く。

辛うじて移動に適しているのは、東西の山脈を繋ぐ稜線だろう。だがたとえ稜線上に登っても、そこから簡単に降りられるルートは見つかりそうになかった。

一個分隊をその稜線上に上げたのは、万一本隊が全滅した後も作戦継続を可能とするためだ。

島に打ち寄せる波は強く、沖合には白波が立っている。

幸いなのは、巡視船が遠いこと。ほとんど水平線上に留まっていた。この時化では、双眼鏡を使っても陸地はぼやけて見えるに違いない。人間が海岸線を移動しても巡視船から発見されるとは思えなかった。

問題は、ドローンだ。

その様子は実際、台湾軍海兵隊のフロッグマン部隊からも見えていた。

岳威倫《ユエウェイルン》軍曹と呂東華《ルードンファ》上等兵は、過去に島を訪れたチームが何ヶ月も費やして作った特等席でその様子を見守っていた。

灌木《かんぼく》が密集する稜線上にあり、近くに寄っても灌木の中は覗けない。雨の日も、簡単にタープを張れるように支柱が埋め込んであった。

彼らは今、センサー避けとしてそのタープを張った下で腹ばいになっていた。

一五〇メートルほど眼下、距離にして三〇〇メートル離れたエリアで、日中の兵士たちが接触しようとしていた。

岳軍曹は目の前に置いた石に、マジックで「DORADO《ドラード》」と書いた。

「覚えておけ。この四半期は、アマゾンの魚シリーズでいくらしい」

「わかりました。……本当に来るんですか？　へリなんて、時速三〇〇キロも出ないでしょう。それで海面スレスレを飛んでくるなら、一時間以上はかかる。絶対に止められますよ。日本が止めなきゃ、大陸から戦闘機が飛んでくるのでは」

「こんな話は聞いてなかったが、まあやってみるってことだろうな」

眼下では、ドローンが旋回しているのが見えた。日本も解放軍も、単発式の小型のドローンを使っている。ウイングスパンはたいしてなさそうだ。滞空時間ではなく、使い勝手を優先したものだ。

「解放軍は、なんでまた急に仕掛けることになったんですかね」

「いろいろあるだろうな。それなりの規模の部隊を配置できる場所は限られている。島の南西部しかない。敵をそこに囲い込んで包囲した後、爆撃でもするつもりなのか、単に交戦状態に入ったという既成事実を作りたいのか。……理由は、ひとつじゃないだろうが」

「その状況にうちも加わろうと、台湾も慌てて正規部隊を出すことにしたということですか？」

「そりゃまあ、この島の領有権を主張していることだし、お偉いさんとしちゃ、良い気分はしない。台北と目と鼻の先で、日中がドンパチ繰り広げるのはな。戦場をコントロールしたいということじゃないのか？　それが一握りの戦力でできれば、言うこと無しだ。国民には、台湾軍が今そこにいるというだけで士気も上がる。東沙島は失ったが釣魚台は奪還した、とな」

呂上等兵は91式アサルト・カービンに擲弾発射基を装着し、レッドフレア弾を装塡した。

「いいか、風が強い。その必要が無いことを望むが、撃つ時は狙ったポイントよりも思い切って左を狙え。下手をすると二〇〇メートルは流されかねない」

「了解です。でもその必要は無いのでは。お互い一戦して引き下がるんじゃないですかね。地形的には、どちらが有利とかいう地形じゃない」

「そうだなぁ。まあ普通なら、お互い牽制し合って終わりだろう。本当に味方がくるなら、ロケット弾でも解放軍部隊にぶっ放してやればそこで決着はつくだろうが。……一応、狙撃しての支援も準備しておこうか」

日本側のドローンが、少し高度を落としはじめた。

赤石富彦三佐は、小渓《こたに》と呼ばれる沢を渡り東へと向かっていた。

この沢が、魚釣島で真水が唯一手に入る場所だ。他にも沢筋はあったが、ほとんどは雨が降った後に短時間水が流れるだけ。山系に染みこんだ真水が常時流れているのはここだけだ。ただしその水量は、飲料水を得られる程度に過ぎなかったが。

ドローンが送ってよこす赤外線画像をタブレットで確認しながら前進した。波打ち際に出れば視界は拓けるが、それは敵に全身を晒すことも意味する。今は、ブッシュをかき分けて前進するしかなかった。

一時期、山羊が増えすぎて魚釣島は禿げ山となり、山自体が崩れ落ちると警告されたものだが、さすがは南洋のことはある。山羊の繁殖力をものともしない速度で緑が再生していた。

しかし、植生は昔とは一変しただろう。山羊が好んで食べる草や木々は全滅し、彼らが食べない種類の草木が増えたはずだ。

もっとも、戦後この島がまともに研究されたことは一度もない。何しろ研究者の上陸すら許されないのだ。正確なところは、誰にもわからないはずだ。

ほんの一時間ブッシュをかき分ける間にも、三度も山羊に脅かされた。昨夜食べた山羊は美味かったことは事実だが、毎晩一頭ずつ食べたとしてもきりが無いほどの数がこの島には繁殖しているようだ。

三日がかりで啓開したルート上には、目印の蛍光タグが所々に下げてある。これがないと昼はともかく、夜は確実に迷ってしまうのだ。急斜面にロープを設置し終えたのは、つい昨日のことだった。

最前線の歩哨所は、波打ち際まで続く稜線の手前に設けられていた。周囲の石を積み上げて弾避けにしたが、効果のほどは不明だ。その上には、幾重も小枝が重ねられていた。ドローン対策だ。

陣地に滑り込むと、前方を見張っている部下が一点を指さして知らせた。

「山羊じゃないのか？」

「いえ、ＦＡＳＴヘルメットが一瞬見えました。おそらく左右にも展開しています。このブッシュに苦労している様子です」

「ちょっと突ついてみるか」

赤石はウォーキートーキーのイヤホンを耳に突っ込み、ドローンの高度を下げて旋回させるように命じた。電動モーターだから煩くはないが、すぐ真上を飛べば気づく程度のノイズは発する。

しばらくすると、今度は敵もドローンの高度を下げてきた。蚊《か》が飛ぶような不快なプロペラ・ノイズが聞こえてきた。

最初に仕かけてきたのは、解放軍だ。何かが空から降ってきて、そして爆発した。

灌木の葉が何かに叩かれる音がしたかと思うと、突然近くで爆発が起こり、枝を吹き飛ばした。

それらは鋭利な凶器となって陣地に籠もっていた兵士を襲った。土塊《どかい》をもろに被り、視界が奪われる。

次の瞬間には、敵兵士らが発砲しながら前方へと駆け出るのがわかった。

「応戦しつつ、後退！　後退するぞ！」

赤石は、呆然とする部下の背中を引っ張りながら陣地を出ようと足掻いた。

第五章　戦闘へ

上海の国内安全保衛局のセーフハウスでは、馬《マ》麗夢《リーモン》博士が長い時間北京のお偉方と電話で話し込んでいた。電話は途中二度中断し、かけ直しながら続いた。

終わった時には、馬はすっかり老け込んだように見えた。だが結論は、彼女が望んだとおりになった。

「こちらの意見が通ったわ。一二〇パーセント通った。政府はこれを、潜伏期間が長い変異株として対応することになりました。長期戦の覚悟をもつということね。そしてもちろん、あらゆるデータを、世界保健機関《WHO》をはじめとする世界中の研究機関とリアルタイムで共有することも認めました。ついでに、われわれ国内の研究者が、海外の研究者とこの問題に関して許可無く無制限に議論することも認めさせました。これが一番の収穫ね。アメリカにいる私の恩師や、世界中の最先端研究機関と、最新のデータを見ながらオンライン会議をしても大丈夫だということだから」

「それはよかったです。でも潜伏期間が長いという仮定だと、進行中のこの一件は関係ないと？」

秦卓凡《チィンチウオファン》警部が、パソコンのモニター画面に視線を向けて尋ねた。陽圧式防護服を着た集団が、ホテルの部屋らしき空間で動き回っていた。その一人の胸に固定したライブカムの映像が映し出されている。

防護服を着た検査官が二人も、そこそこ広い別の部屋で待機していた。PCR検査のモバイル検査装置を持ち、結果が出るのを待っているのだ。

「逆に、そう簡単に発症者が見つかればいいけれど……」

画面が切り替わり、脂ぎった顔の中年男性がマスクをして意気消沈した顔でベッドに座っている映像を見た馬博士は、どうかしらという表情で応じた。

「犯人が上海で活動をはじめてからもう三日が経過している。だから、感染者第一号が出ても不思議はない。われわれ疫学者がCOVID‐19で得た最大の教訓は、潜伏期間が当てにならないということです。たとえば各国の水際対策では、入国者に一〇日から二週間の自主隔離を義務づけた。それは妥当な判断だったけれど、現実に起こったことは、感染翌日に発熱する患者もいれば、なんと最大では三週間を過ぎて発症する人間もいた。けど、ボリューム・ゾーンはあった。COVID‐19の場合は五日前後がそうね。ほとんどの感染者は、五日前後を中心に発症した。もちろんその前からウイルスをばらまいているわけだけど、このボリューム・ゾーンから外れる感染者というのは必ず出てくるの。問題は、その時期に発症する人間がどれくらいいるかです。今日見つかる感染者が一〇人前後なら、パンデミックは阻止できる。一〇〇人前後となると、ちょっとお手上げね。三日後には一〇〇〇人単位で発症するということになるから。そのうちの一部は、中国全土がロックダウンされる前にかなりのウイルスを市中にばらまいている」

「上海市内では、発熱緊急番号に二〇〇〇件以上の問い合わせがすでにきています」

蘇躍《スウユエ》警視は、時間が経過するごとに増え続ける上海市衛生当局のデータをモニターしていた。

「それ、うちのチームが選別しますよ。優先度の高いものからPCR検査を受けさせます。ただ、派遣チームを増やす必要がある。今の一〇チームでは焼け石に水だわ。一日にせいぜい一〇〇件しか回れない。警察学校や軍学校から学生をかき集めるようにしてください。ベンチレーションフードや陽圧服なんて大げさなものは必要ありません。除染を徹底すれば感染は防げる」

「そう言われても、致死率三〇パーセントと聞くと……」

「それ、明らかに誤った情報だから訂正する必要があります。所詮は肺炎です。COVID‐19の経験を生かすことで、致死率は大幅に下げられるでしょう。正直、私は一〇パーセントもいかないと考えている。高齢者を中心に一〇〇人発症して、一〇人亡くなるかどうかです。若年層は全員助かるでしょう」

カメラの向こうで、モバイル検査装置のモニター画面が見えるような位置に検査官が立った。

「……ああ」と、馬が天を仰ぎ見た。データは陽性を示していたのだ。すぐにマイクのスイッチを入れた。

「私の声が聞こえている？　聞こえていたら、二度頷いてください」

カメラが二度、上下に揺れた。

「了解です。三〇分後、もう一回検査してください。検体はただちに研究施設に運ぶよう。ホテルは即閉鎖。宿泊者と従業員の全員から、この三日間の行動を聞き出してください。それと、その部屋の消毒は諦めて。封鎖して、ドアに黄色いテープを貼ってください。全般的に言えることだけど、無理に消毒しようなんてしないで。その作業の過程で、感染者を増やす危険があります」

すでに感染者の行動履歴が、メールで蘇警視の元に届けられていた。それをプリントアウトして確認する。

「彼は昨日、朝六時に起きた時にすでに熱っぽかったという話だ。前々日、復興号で北京に出張。携帯の移動履歴と突き合わせることになるだろうが、昨日は外国人ビジネスマンと朝食会。昼は商務部の役人とランチ。午後は商談を三件こなして、次に見本市会場でのセミナーに出席。……これは変だ。昨日のその時間帯、イベント会場は閉鎖されているはずなのに。ええと、それで夜は同業者との懇談パーティー？　これも、なんでそんなもんができたんだ。このレストランは罰則ものだな。この男、昨日一日だけで三〇〇人以上の人間と接触している」

「彼が毒王――スーパー・スプレッダーで無いことを祈るしかないわね。救いは、その外国人ビジネスマンも足止めをくらっているということ。ロシア国境も閉ざされた後だから、北京から国外に出る術は無い」

一時間後には、その不運なビジネスマンの実名と顔写真が大々的にテレビやネットで流れた。三日間の行動履歴が時刻付きでリスト化されて発表されたのだ。

中国人の携帯電話は、公安当局に移動履歴のデータまで残る。こういう時に全体主義国家は真価を発揮するのだ。

この人物と接触、もしくは立ち寄り先にいた者たちは、決して外出するな、こまめに熱を測り体調変化に留意せよと伝えられた。

この疫病の致死率は、ＣＯＶＩＤ－19を経験した現代では決して高くはなく、治療は可能であることも伝えられた。

当局と中国医学を信じ、発熱者は速やかに通報せよとも繰り返された。

空警－600を指揮する浩菲《ハオフェイ》中佐は、空母〝山《シャン》東《ドン》〟（七〇〇〇〇トン）の艦内で、高級幹部のみでという条件のもと、ラジオ放送の内容をしらされていた。

北京で感染者が出たのにはショックだったが、政府がいち早く世界と協力する意思を明確にしたのは歓迎すべきことだ。

東海艦隊司令部としては、国内のこの事態がわれわれの作戦指導を揺るがすことは決して無いという姿勢を明確にしていた。

どうなるにせよ、パンデミックとなるには時間がかかる。その頃には、この戦争は終わっているだろうし、仮にそうなっても中国に経済制裁を科す西側諸国にできることは何も無い。マスクも防護衣もそれを輸出しているのはわが中国であり、そして中国にはCOVID－19のワクチンを開発した実績もある。われわれは自力で乗り越えられると、浩はとくに心配していなかった。

軍隊への蔓延を防げれば、この状況は克服できるのだ。

出撃前、浩中佐は自分の機内でそう訓示もしていた。変な感じだった。戦争中なのに、作戦ではなく、もっぱら疫病のことを話すなど。

そして、空母甲板への着艦は、ぞっとするものがあった。機体が着艦制動索に捕まった時は、歯を食いしばって呻いた。

スキージャンプ台をもつこの中国初の国産空母は、カタパルト式の射出装置はもたない。重力加速度としては、着艦時の衝撃の方が大きくなる。

だがカタパルトがない代わりに、空警機のようなプロペラ機は、発艦用にロケット・ブースターを使うことになっていた。

中国のオリジナルではない。昔から、短距離離陸用に世界中の空軍で利用されてきたもので、ロケット弾を改造したブースターを胴体に斜めに取り付け、その推進力で機体を押すのだ。

牽引車が、機体を艦隊最後尾まで押していく。浩は自分の席ではなく、コクピット背後の補助シートに座っていた。

「あなたたち、何回くらいこれで飛んだの」

「そうですね、シミュレーターでは二〇〇回くらいですかね。実機ではこの前のタイプで、五回です。何しろブースターロケットもただではないし、熱で甲板を焼きますから」

この機体唯一の男性クルーである機長の葉凡《イエファン》海軍少佐が落ち着き払ってそう言った。右席に座る副操縦士の秦怡《チィンイー》大尉は「私なんて、たったの一度なんですよ」と応じた。大尉は、本職はエンジニアなのにパイロットも務める器用者だった。

発艦を楽しみにしているようだ。

「大丈夫ですよ、中佐。その理由をお教えしましょう。今日は時化ていて、普段より風が強い。迎え風を最低でも二ノットは余計に稼げるはずです。さっきシミュレーションしてみたんですけどね、この風ならブースター無しでも本機はぎりぎり発艦できるはずです。背負ったお椀も揚力を生みますから」

「そうなの。まあ、私はパイロットではないから、神様に祈るだけです。フライト・チェックを邪魔したくないから、私の存在は忘れて頂戴な」

それっきり浩は押し黙った。この世の中には、自分ではいかんともしがたい出来事が多すぎる。その不確定要素に身を委ねたくはないからわれわれエンジニアは足掻くわけだが、その解決不能な世界があるからこそ人類は前進できるのだろう。

航空工学しかり、疫学しかりだ。浩はそう思いながら、ハーネスを締め直した。

飛行甲板から人が消えた。だが艦橋構造物では、一目この機体の発艦を見物しようという乗組員が鈴なりとなった。業務用のカメラを担いだ甲板員もいた。

艦が速力を上げはじめると、一瞬、前後の動揺が大きくなった。

ああ、フィンスタビライザーのコントロールがなってないなと、浩は舌打ちをした。

これは大いに改善の余地がある。この戦争が終わったら、艦艇部門をどやしつけなければならない。

だが、その動揺もしばらくすると収まった。二基のエンジンが始動し、しばらく出力調整が行われる。舵を動かすと、機体が微妙に左右にぶれた。

「おっと、このまま飛び上がりそうだな」

機長はいったん出力を絞った。

メインギアを挟んでいたチョークが撤去され、黄色いシャツに緑色のヘルメットを被った発艦要員が手信号で機長に合図を送りはじめた。

片側三本、合計六本のロケット・ブースターに点火し、甲板前方の赤いLEDライトが全色グリーンに変わって点滅した。

全てのロケット・ブースターが正常に点火したという合図だ。

スロットルレバーをゆっくりと前方に倒すと、機体は徐々に前進しはじめる。震動が大きくなり、あっという間に艦橋構造物を追い越した。

最後は少しきつかった。スキージャンプ台に機首が乗った途端、突然下から持ち上げられるようなGがかかった。そしてふわりと空中に浮かんだ直後、一瞬機体が沈み込む。

だが機長は、絶妙な感覚で操舵輪を操作して機体を確実に引き起こし、水平飛行へと移った。ロケット・ブースターが燃焼を終了して静かになる。ブースター・ランチャーの切り離しを副操縦士が宣言し、機体は上昇フェーズへと移った。

「機長、副操縦士もお見事でした！　でもこれ、これを最後にしない？　私、神経をすり減らすスリルは、もっと別のもので味わいたいわ。たとえ四時間がかりで再出撃することになっても、陸上基地に戻りましょうよ」

「そうですか？　私は楽しかったけどな」と、副操縦士が不満を漏らした。

浩中佐はハーネスを外して自分の席へと戻った。クルーたちはわりと平気な顔をしている。

あんたたちはまだ若いからと、中佐は胸の内でぼやいた。

対する航空自衛隊E－767空中早期警戒管制指揮機《AWACS》の機内では、警戒航空団・飛行警戒管制群副司令の戸河啓子二佐が、スクリーン上に現れた〝千里眼〟に気づいていた。特別な識別マークが与えられている。

「一時間は降りていたわよね」

「はい。空母〝山東〟は、尖閣諸島から二五〇キロも離れたところにいる。ほとんど大陸沖です。そんなに怖いのかな」

第六〇二飛行隊副隊長の内村泰治三佐は、スクリーンの端に映る四機編隊を見つめた。空母専用の護衛戦闘機部隊だ。

空母からの発着艦がここで見えなくとも、護衛戦闘機の動きを追うことで空母がどの辺りにいるか、だいたいの想像がつく。

そもそも空母戦闘群の行動半径を考えると、東シナ海はお世辞にも広くはないのだ。

「あそこまで下がれば、海自の潜水艦は滅多に近づかないだろうし」

〝千里眼〟は、高度を上げながら真っ直ぐ魚釣島へと向かっていた。〝ゴースト・ライダーズ〟の攻勢はまだ続いている。すでに六〇〇以上の目標を探知処理していた。

台湾空軍と分けたとしても、空自はすでに三〇〇機もの敵機を撃墜したことになる。五〇機からのイーグル戦闘機で繰り返し迎撃していることを考えると、エース・パイロットが大量に生まれる頃だ。もっとも、さすがに非武装の自動操縦機を撃墜して喜ぶパイロットはいないだろうが。

今この瞬間にも、三〇機を超える無人機が大陸から飛んできていた。台湾空軍も、次々と迎撃機を繰り出してくる。

台湾北部が綺麗に見える。民航機は飛んでいなかったが、軍用機は活発に行動していた。常時五〇機あまりの機体が飛んでいた。

やがて、台北市上空を突っ切るように飛んできた四機編隊が現れた。速度からして明らかにヘリコプターだ。

その四機編隊は基隆軍港の東側で洋上へと抜けると、いったん真東へとコースをとった。尖閣でもなく石垣島でもない。宮古島を目指すコースだ。

最初は、哨戒ヘリ部隊かと思った。しかし一〇分程経過すると、編隊は緩やかな弧を描くように針路を北へととった。つまり、北東の魚釣島を目指す方角へと飛びはじめたのだ。

「イーグル二機編隊を向かわせて警告しましょう」と内村が提案した。

「そうね。互いの防空識別圏に接触するまで、あと一五分もない。でも、台湾空軍の護衛戦闘機が出てくるわけでもないのは変ね。何がしたいのかしら」

「もしこれが魚釣島を目指していたら、〝千里眼〟のレーダーにもそろそろ映りますよ」

「自国領空を主張する解放軍は、どう出るのかしらね。戦闘機を出すとなると……」

「六機向かわせます。〝ゴースト・ライダーズ〟の迎撃は、F－2部隊を上がらせましょう」

雲行きが怪しくなりつつあった。


もちろんそれは、空警機のデュアルバンド・レーダーにも映っていた。

浩菲中佐は、領空侵犯の意図ありと判断し、付近を飛んでいた友軍機に警告を命じた。

陸上基地から発進した海軍のJ－15戦闘機、すなわちフランカー戦闘機擬き四機と空軍のJ－10戦闘機の四機編隊が速度を上げて接近しはじめた。

空軍はそれでは不十分だと見たのか、すぐJ－11戦闘機の発進準備をはじめたようだ。こちらは空軍版のフランカー擬きだ。

二個編隊が向かいはじめてからの台湾空軍の動きは速かった。まず戦闘機部隊が上がり、さらに台湾北部に配備されたペトリオット・ミサイルのレーダーに火が入った。

それでも構わず解放軍機は南下してくる。先にヘリコプター編隊と遭遇するのは、空自機の二機だ。


レーダー画面上はほとんど重なりつつあったが、空自機はいったんその編隊をオーバーシュートし、後ろから接近を試みるようだった。だが、何しろ彼我の速度差が大きい。実際には追い越すことになる。

イーグル戦闘機からの報告で、それは二機のアパッチ・ガーディアン戦闘ヘリと、ブラックホーク・ヘリであることが判明した。時速二〇〇キロで、海面上三〇〇フィートを今は真っ直ぐ魚釣島へと向かっている。

　型通りの警告が無線でなされたが、もちろん向こうは応答しない。

「ねえ、私は撃墜命令を出せるんでしたっけ」と、戸河が聞いた。

「さあ？　警告射撃くらいは、われわれの権限内ではないですか。でも、我が方防空識別圏内に入っているというだけですからね。まだ無理です」

　増援の四機が到着する頃には、台湾空軍は二機のF－16戦闘機をエスコートさせていた。だが、こちらも日本側の防空識別圏内にいるというだけで、警告が精一杯だ。向こうは友好の印として翼を左右に振りはしたが、無線での応答は無かった。

　それより問題は、大陸から接近してくる八機の戦闘機だ。

　最初に反応したのは、台湾北端に展開するペトリオット部隊だった。先頭のJ－15戦闘機編隊に向けて四発のPAC3ミサイルを発射した。一五〇キロを越える長距離での発射だ。

　J－15戦闘機は、コース変更で躱そうとしたが、ロックオンが外れないことを悟ると高度を一気に下げながら北へと針路をとった。それでペトリの初撃を外した。

　だがその編隊は、もう引き返してくることは無かった。

　続いて空軍のJ－10戦闘機は、ペトリのレーダーを躱そうと高度を思い切り下げて突っ込んできた。そのせいで、会敵時刻が遅れた。

　J－11戦闘機はペトリを躱すために北へと大回りしたため、こちらも時間を食う羽目になった。

　その間、台湾空軍はさらにF－16部隊を出してきた。だが、その編隊はヘリ部隊を追うわけではなかった。真っ直ぐに中国軍機へと向かっていく。

最新のAESAレーダーを装備したF－16V戦闘機の八機編隊が、魚釣島の西を掠めて敵を迎撃しようと向かってきた。

空域は、酷く混乱しつつあった。

「……ええと、とりあえず、中国軍機のことは忘れましょう。それは台湾空軍機に任せて、われわれはヘリ部隊に専念します」

ヘリ部隊は、洋上に出てから四五分後、魚釣島に領空侵犯した。まっすぐ島の西端を目指していた。

「警告射撃するしかないわね」

戸河二佐は、オペレーターに警告射撃の通信を命じた。

増援部隊が到着する頃には、イーグル戦闘機二機が高度を落とし、それとはっきりわかるよう二機の戦闘ヘリの前方海面へ向けてバルカン砲で警告射撃を行った。しかし反応はなかった。

その様子を、領空侵犯ぎりぎりのコースに沿って飛ぶ二機のF－16V戦闘機が見守る。こちらにも空自機が付いて警告を繰り返していた。

「これ、撃墜していいの？」

「相手はヘリですし、事実上、同盟国だ。脅威度でいえば、中国軍機の方が圧倒的に上でしょう」

「じゃあわれわれは脅威度を優先して、このヘリ部隊への対応を一瞬諦めたということで理由は立つわけ？」

「それでいいんじゃないですかね」

内村は、自信が無いという顔でそう答えた。

そもそもこんな複雑な状況は、ここで処理すべきだとも思えなかったが、陸上からは何の命令も出てこない。

「二機をそのままヘリ部隊の監視に残して、残る全機は中国軍機の排除に向かわせて。台湾空軍戦闘機は無視せよと！」

両国軍戦闘機部隊は、すでにミサイルを撃ち合っていた。

空警－600を指揮する浩菲中佐は、空戦を指揮している大型機のKJ－2000（空警2000）より前方を飛んでいたが、ここでは彼女の機体には指揮権は無かった。

空警－2000が飛んでいる時の指揮権は、あくまでも指揮管制は空軍側にあることになっていた。彼女がもっているのは、海軍機に関する僅かな権限だけだ。

それは彼女からすると、明らかに判断ミスに見えた。相手はAESAレーダー装備の最新のF－16戦闘機。それを相手にするには、数も戦術も足りない気がしてならなかった。

最初に突っ込んだJ－10戦闘機が、たちまちアムラーム空対空ミサイルの餌食になった。丸半日無人機に翻弄された台湾空軍の怒りが込められているようだ。

一機につき四発ものミサイルを喰らい、空中分解する様子がレーダーに映った。

その四機が無残に散った直後、空軍は撤退命令を出したが時すでに遅しだ。J－11戦闘機二機がまたアムラームの犠牲になった。

残る二機は、チャフ&フレアを発射すると同時に反転急降下して、荒れた海のシークラッターに紛れて脱出しようとしたが、F－16VのAESAレーダーは非情だった。

ぐいぐいと高度を落とす敵戦闘機を追いかけていく。一機が機体を起こし損ねて、そのまま海面へと突っ込んだ。もう一機はすんでのところで機体を引き起こし、高度一〇〇フィート以下で本土へ逃げようとしたが、それも無駄だった。

アムラーム・ミサイルが真上から襲いかかり、

機体は海面に叩きつけられた。
後に〝第一次釣魚台沖航空戦〟と名づけられることとなるこの空中戦は、台湾空軍の圧勝で終わったのだ。

このF‐16Vのうち、四機編隊を率いていた第17飛行中隊長の劉建宏《リウジェンホン》空軍中佐は、自身も二機の敵機を撃墜した。だが喜ぶ時間も無く、全編隊に速やかなる帰還を命じた。

こんな場所をうろちょろしていては、新手の敵を招き寄せるだけだ。次もこんなにうまくいくとは思えなかった。

中佐は僚機を伴うと、堂々と魚釣島の領空を侵犯し、島に接近した。

二機のブラックホーク・ヘリは、海岸線に留まってホバリングしている。だがそれを先導する二機のガーディアン戦闘ヘリは、日本の兵が陣を張っているエリアを右手に見ながら島影に沿って飛んでいた。

いずれにせよ、無事に島に到着したということだ。ここからは先は、陸軍の問題となる。

帰投したら、無事ヘリ部隊が島に到着したことを報告できるだろう。

日本の機嫌は損ねたかもしれないが、作戦は成功したのだ。

魚釣島に陣取る西銘元二佐は、爆発音が聞こえると、木暮に先導されてブッシュの中を走った。

間を置いて、何度か爆発音が響いた。一〇分以上の間隔が開いている。手榴弾のそれではなく、迫撃砲弾の炸裂音に近かった。

三〇分以上かかって、撤退してくる仲間と合流した。一人重傷者が出たようだ。小枝で作った間に合わせの担架に乗せられていた。

　赤石が、その担架の端を自ら担いでいた。

「何があった？」

「迫撃砲弾です。おそらく八〇ミリ・クラス。ただし、迫撃砲ではありません。ドローンです。ドローンから、砲弾を落とされました。撤退途中も二度攻撃を受けた」

　負傷者は、腹に迷彩包帯を巻いていた。意識は無く、だが呼吸はあった。心拍のたびに血液が包帯から地面にポタポタ漏れ落ちていた。

「こいつはもう助からん」

「しかし……」

　西銘は、腰のシグ・ザウアー・ピストルを抜くと、負傷者の額に銃口を当てた。そして「許せ――」と引き金を引いた。

「遺体は、あとでポンチョにくるめ。すぐそこまで敵が迫っているぞ。赤石三佐、貴様の判断ミスだ。ここで支えて押し返す。遺体を弾避けにする。全員散開し、応戦用意！」

「部隊長、撤退を進言します。このジャングルでの応戦は無理です！」

　たまらず赤石が進言した。

「ここで止められなかったら、基地まで押し込まれる。大丈夫だ、敵はわれわれが啓開したルートに沿って前進してくる。待ち受けるわれわれの方が有利だ。戦術で、数も武器も跳ね返せる」

　それを聞いていた木暮は、こんな無人島で戦死かよと内心思いつつも、プロに徹した。若い連中に身を伏せる場所と、警戒すべき方角を指示した。

「木暮さん、あなたは狙撃手だよね。なら俺たちが誘《おび》き出せば、何人か倒せるんじゃないか」

　あまり付き合いの無い仲間がそう問いかけてきた。今年やってきたばかりの者だ。たしか、水機団出だったか。

「申し訳無いが、このジャングルでは無理だ。一発撃った途端、蜂の巣にされるだろう」

「おい、くるぞ！」

誰かが叫んだ。ブーンという低い音が響く。ドローンのプロペラ音だ。

迫撃弾が落とされる寸前、木暮は地面に身を伏せて、顔面が完全に枯れ葉の中に入るまで突っ伏した。虫が蠢いていて不快だったが、砲弾で顔が吹き飛ぶよりはマシだ。

爆発は二〇メートル近くは離れていたが、爆風は強烈だった。耳栓をしていても耳鳴りがする。

「隊長、撤退しましょう！　われわれは、丸見えです！」

赤石が再度訴えた。

「貴様が担架なんて目立つものを引きずって、ちんたら歩いてくるからだろう。後続の味方がくる。一〇分も粘れば、反撃できる。迫撃弾を運ぶドローンは、たぶん一機だ。引き返して次の一発を運んでくる前に、反転攻勢を仕掛けるぞ！」

その迫撃弾のお陰で、ジャングルにぽっかりと空間ができた。明るくなったせいで、そこが目標になった。敵は、この周囲目がけて発砲してくるはずだ。まだ七〇メートルくらいの距離はありそうだが、身を隠す場所はない。

こいつはどうも本当にやばそうだぞと、木暮は腹をくくった。

「おい、木暮さん！　あんたからも、何か言ってくれ」

赤石に催促された。

「後退は、まずい。敵から丸見えです。海岸線まで匍匐前進して、岩場を走って逃げるというのは悪くない。ただ、間違いなくドローンに追いかけられる。ここは、部隊長の判断が正解です」

「そういうことだぞ、赤石！　みんな、動くものを撃て！」

煙幕を張って脱出するという術はあった。だがこの部隊には手榴弾はあっても煙幕手榴弾はなかった。湿ったジャングルでは、火を点けられるものはない。

こちらに増援が駆けつけることは、敵もわかっている。いつまでも様子見はしていないはずだ。本当にまずい——。木暮は、がらにもなく冷や汗を掻きはじめた。

その戦闘を山の中腹から見下ろしていた二人の台湾兵は、地上で迫撃弾が爆発した瞬間、驚くあまり頭で、上に張ったタープをうっかり揺らすところだった。

その迫撃弾をぶら下げたオクトコプターが飛んできたことに、全く気づかなかったのだ。

中央に一発だけ迫撃砲弾をぶら下げたオクトコプターは、目標上空で投下するとすぐに引き返していく。

「……82ミリ砲弾ですかね」

「いや、その威力は無い。輸送を考えても、60ミリだろう。それでも威力は手榴弾より大きい。しかも手榴弾より遠くに投射できて、命中率も良い。あんなのを特殊部隊が使うような時代になったのか。ドローン時代ならではだな」

ほぼ一〇分間隔だった。引き返している間に上空を舞うもう一機が敵を追いかけて、投下ポイントを決めているのだろう。見事な連携だ。

岳威倫《ユエウェイルン》軍曹は、アキュラシー・インターナショナル社製Mk13狙撃銃の望遠スコープで、そのオクトコプターが引き返していく先を探した。

「なるほど、そんなに先じゃないな。……見えた。発射地点はわからんが、稜線上に操縦系をコントロールする無線機と操縦士が潜んでいる。飛行場は、その後ろの鞍部に作ったんだろう」

「距離はどのくらいですか」

呂東華《ルードンファ》等兵の問いかけに、岳威倫軍曹はメモ帳を開き、自分で描いた付近の鳥瞰図《ちょうかんず》を見た。距離も細かく書き込んであるものだ。

「事前の計測では、七二〇メートルという場所だな。狙えないということはない」

「無理ですよ、この風では」

「いや、風は計算できている。それに、この新狙撃銃の性能なら十分狙撃可能な距離だ。やってみる価値はある。兵隊より、あの操縦装置を狙いたいな」

「われわれの位置が露呈しますが、それはわかっていますよね」

「同盟国を助けるためだ。その価値はあるさ」

「では、やりましょう」

岳軍曹は静かに銃口を向けると、呼吸を整えながら木々の葉を観察し、強風の波長を読んだ。

そして迫撃砲弾をぶら下げたオクトコプターが離陸し、その操縦者がいる尾根を越えた瞬間、引き金を引いた。

初弾は外れた。二メートル近く外れたが、岳軍曹はドローンのパイロットが反応して身を隠す前に、冷静にボルト・アクションを操作し、ターゲットを修正して二度目の引き金を引いた。

土煙が上がった瞬間、何かが弾け飛ぶのがわかった。兵士が両手に抱えていたコントロール・ユニットが砕け散ったのだ。そしてその弾丸は、兵士の胸に命中した。

死んだかと思ったが、両手が虚空をつかむようにゆっくりと動いている。防弾プレートに救われたのだ。

「お見事です！」

岳軍曹は、サプレッサーを装備した銃をゆっくりと引っ込めた。もう一機のドローンに、今のマ

「了解、ドラード。マーキングは可能か？」

「可能だ。待機せよ——」

呂上等兵が、擲弾発射基でレッドフレアを発射する。擲弾は微かに白煙を引きながら、強風に流されて弓なりのコースで飛んでいくと、藪の中に落下して赤い煙を上げはじめた。

「そこは狙った場所なのか」

岳が笑った。少なくとも、七〇メートルはずれていた。だが岳が笑った途端、銃弾がすぐ隣の藪に走った。さすがに擲弾筒の発射は目立つ。二人は身をすくめ、後ずさりしながら稜線を降りた。

ここでようやく、岳軍曹は無線機を使った。

「ドラードより、ピラルクー。ドラードより、ピラルクー。レッドフレアの西七〇メートルを掃討してくれ。ただし、友軍が近接しているため、ロケット弾の類は避けてほしい。ゴーヘッド！」

「了解、ドラード！　レッドフレアの西七〇メーズル・フラッシュが映っている可能性がある。

この陣地はもう捨てるしかなかった。

「ここはいい陣地だったよな。眺めも良かった」

「そうですね。でも隠れ家は山ほど作ったじゃないですか。正直、日本がこの島に上陸していないというのは嘘だと思ってましたが、あいつら、律儀に北京に義理立てしていたんですね」

下ではまだ銃撃戦が続いている。だが沖合上空には味方の戦闘機が現れていた。かなり遠くだが、その主翼の迷彩は間違い無く味方機だ。

やがて、無線が呼びかけてきた。

「こちらピラルクー、ピラルクー。感あったら応答せよ」

「よし、上等兵。今度は貴様の番だ。外すなよ」

そう言うと、岳軍曹は無線機をオンにした。

「こちらドラード、こちらドラード。感度良好。援護射撃を要請したい」

トルを機関砲で攻撃する。修正の要があったら無線をくれ。ピラルクー、オーバー」

三〇秒後には、二機のガーディアン戦闘ヘリが現れた。海岸線に沿って飛びながら、一機が三〇ミリ・チェーンガンでジャングルを掃討する。

土煙が舞い、ジャングルを埃が覆い隠した。

二機目の攻撃の必要は無かった。というより、不可能だった。わき上がった埃が、レッドフレアの赤い煙すら覆い隠してしまったのだ。

だが、少なくともこの攻撃で西銘隊は救われた。巨大な埃に紛れて、戦場を離脱できたのだ。

逆に宋勤《ソンチン》中佐の〝蛟竜突撃隊〟は、二名の戦死者と、三名の重軽傷者を出した。

出だしとしては悪くなかったが、戦闘ヘリの登場は想定外だったからだ。

それが台湾軍のものであることはすぐわかった。日本のロングボウ戦闘ヘリは、稼働状態に無い。もう一〇機も動いていないヘリは、共食い状態でほんの二、三機が飛べるだけだと聞いていた。

最新式のガーディアン型に更新されるでなく、陸上自衛隊の武装ヘリがここに現れる可能性は皆無だったからだ。


西銘隊にとっての幸運は、戦死者の遺体を回収し撤退できたことだった。正確には、それは戦死ではなく味方による銃殺だったが。

発生した新たな事態に対処するため、西銘だけが走って戻った。死体を担いで戻る木暮の隣で、赤石は喚かんばかりにまくし立てた。

「あの男はまともじゃない。負傷兵を撃ち殺すなんて！」

「そうは言っても、例の人も『負傷兵はとっとと楽にしてやれ、それが指揮官がピストルを携帯する理由だ』というのが口癖でしたけどね。残念だが、基地まで生きていたとしても、彼を助けることはできなかったでしょう。海保のヘリを呼んでも、那覇までもったかどうか」

「そうだが、海保の巡視船だって医官の一人くらい乗っている。手を尽くすことはできたはずだ。あいつは、狂ってるぞ！」

基地に戻ると、四機のヘリが海岸沿いに着陸していた。そして台湾軍兵士が展開し、銃口をこちらに向けていた。パイロットの中には、女性もいるようだ。

しばらく険悪な感じだったが、西銘はその状況を受け入れた。そして、窮地を救ってくれたことへの感謝を述べた。

話を聞くと、ブラックホーク・ヘリに乗っていたのは、整備兵と陸軍特殊部隊の第101両棲偵察大隊のコマンドたちだという。フロッグマン部隊と聞いて、赤石は怪訝そうな顔をした。

「フロッグマンは、今この島にいる台湾軍海兵隊のフロッグマン部隊のことじゃないのか？」と木暮に言った。

「それがややこしい話でして、自分が昔聞いたところでは、台湾にはこの陸軍のフロッグマン部隊と、海兵隊の二つがあって、両者が本家争いをしているんだそうです。どちらも精強であることには違いありませんがね」

「諸君、紹介しよう！　われわれを助けてくれた台湾陸軍航空隊の平龍義《ピンロンイ》少佐に藍志玲《ランチーリン》大尉だ。そして、フロッグマン部隊を指揮する何一中《ホーイージュン》大尉。さっき機関砲をぶっ放して救ってくれたのは、こちらの藍大尉だ。みんな美人だからと口笛なんか吹くんじゃないぞ。失礼のないようにしろ。でないとフロッグマンに殺されるから」

みんな、呆気にとられていた。航空ヘルメットの中の顔は、まるでモデルのように美しかったからだ。

「機体は、このままでよろしいですか?」

西銘が英語で聞いた。

「ええ。カムフラージュ・ネットも持ってきました。兵が枝木を集めてカムフラージュしますが、こんな島ではヘリを隠す場所もない。荷物を降ろしたら、ブラックホークはいったん本土へ撤収させます。そこそこの燃料と銃弾、ロケット弾一回分は持参しました」

「海兵隊のフロッグマンは、どこにいるのですか」

「知りません。ただ、彼らは攻撃エリアを誘導してくれました。山の上の方でしょう。マーキング用のレッドフレアを発射したので、位置が露呈したはずだ。もし敵の攻撃に晒されるようなら、救出に向かいます」

「それは申し訳無いことをさせてしまった」

ついさっきまで、そのコマンドを発見して殺害しようと必死だったことなどおくびにも出さず、西銘は礼を述べた。

「それで、少佐。これは微妙な質問になるのですが、ご滞在はいつまでですか?」

西銘は肝心なことを率直に尋ねた。

「聞いておりません。だが食料は携行食のみだし、居座ることにはならんでしょう。この機体は、本格整備無しにこんな場所で何週間も運用はできない。スパイ衛星やドローンで、解放軍兵士の位置を特定したら、出撃して攻撃、殲滅して終わりでしょう。増援部隊を解放軍が送り込むことができなければ、われわれの勝ちです。島の帰属はともかくとして、自分としては皆さんに祝福されて島を後にしたいと思っています」

「実に率直なご意見をありがとうございます」

西銘は陸軍のフロッグマン部隊と、警戒ポイントの割り振りに関して話し合い、ともにこの一帯を守ることにした。

二機のブラックホーク・ヘリが離陸して引き返していく。カムフラージュ・ネットが戦闘ヘリにかけられ、そのネットにさらに小枝があちこち被せられた。

赤石は西銘と二人きりになると「彼らが居座ったらどうするんですか」と尋ねた。

「フロッグマンと言えば聞こえはいいが、皆若造じゃないか。数でもこっちが勝っている。三倍はいる。ヘリには火でも点けて、兵隊は始末すればいいだろう。連中だってまさか、この人数でこの俺たちに勝てるなんて思ってないだろう。まあ、せいぜい煽てて仕事してもらうさ。それにしても、あのパイロットは美人だったな」

「向こうの雑誌の表紙で見たことがあります。軍の広報とかで、モデル業も兼務しているみたいなことが書いてあったような」

「敵を蹴散らしてくれるなら、芸能人だろうが殺人犯だろうが、誰でもいいよ。昨日の敵は今日の味方、逆も真なりだ」

これが、台湾軍と日本の民間軍事会社の奇妙な共同作戦のはじまりとなった。

その日の夕暮れ時、海上自衛隊第一潜水隊群そうりゅう型潜水艦〝おうりゅう〟（四二〇〇トン）は、魚釣島南岸五キロに浮上した。

そこに浮上したのは、島に潜入する中国兵に存在を誇示することが目的だった。もう少し接近したかったが、対戦車ミサイルを喰らいたくはなかったので、ぎりぎり海岸から五キロの距離を保った。

海上保安庁の巡視船からランチが近付いてくる。潜水艦に乗り込んでいた台湾軍海兵隊員が、次々とランチに乗り移った。

　第一潜水隊群司令の永守智之《ながもりともゆき》一佐が、ランチへ乗り移る海兵隊鐵軍部隊《アイアン・フォース》の一二名の兵士を見送った。彼らは東沙島で戦い、この潜水艦に救出されていた。そして、このまま魚釣島に上陸することになっていた。

　潜水艦〝おうりゅう〟は、一度は台湾軍に差し押さえられた形になったが、台湾海軍の機転で緩やかな占領という形で行動していた。

　海兵隊員は乗ってはいたが、実質ゲスト扱いだった。潜水艦は、ようやく解放されるのだ。

　台湾側の指揮をとっていたのは、台湾海軍潜水艦部隊初の女性乗組員である〝海龍〟副長の朱蕙《チュフィ》中佐だった。彼女も、ここで降りることになった。

「朱副長、あなたに関しては、海上保安庁のヘリが石垣島まで送り届けるそうです。そこで迎えを待ってください」

「わかりました。お世話になりました、大佐。何より、ご恩がありながら、海軍が裏切りで返した非礼をお詫びします」

「気にしないことだ。あなたがやったことじゃない。物事はうまく回らんものですよ。すぐ復帰するんですか？」

「もちろんです！　皆さんの活躍で、一層意欲が沸きました。単艦ででも、解放軍の空母を沈めにいきます」

「私ならやらんですよ。あんな浅い海に潜水艦で向かうなんてね。……では、お元気で」

「皆さんも。平和になったら、改めてお礼に伺います」

　永守は、ランチが遠ざかっていくのをしばらく見守った。

　自分の自衛官人生で、魚釣島にここまで接近したのははじめてだ。

考えてみれば、奇妙なことだった。自衛隊にとって最大防衛目標であるこの島は、しかし誰も近づくな、寝た子を起こすなとも厳命されているのだ。

第六章　浦賀水道

潜水艦が完全に沈み水平航行に移ると、永守智之一佐は、艦長席の背後でため息を漏らした。

「みんな、楽にしていいぞ。ようやく平和を取り戻したという感じだな、艦長」

「ええ。このまま母港に帰れるなら一安心なのですが。本艦は深く潜りすぎた。本来なら、ドック入りして整備を受けるべきです。ですが……」

艦長席に座る生方盾雄《うぶかたたてお》二佐は、艦の指揮権を完全に回復し、やっと解放されたという思いでいたが、どこか釈然としない気分だった。

無茶な命令を成功させたのに、助けた相手から脅され、左営に入港した後には中国から空母攻撃用の弾道弾攻撃を喰らい危うく沈みかけた。

そして台湾軍兵士を降ろして母港へ帰れという命令が来るかと思いきや、また無茶な命令が発せられたのだ。

航海科の村西浩治《むらにしこうじ》曹長が現れ、プリントしたペーパーを永守に手渡してきた。

「ラジオで流れていたニュースをメモして、プリントしました。ご覧になりますか」

「ありがとう」と、永守が受け取って斜め読みした。

「ああ……、艦長。これだよ、ほら、朝から何かが海面に激突して爆発する音を何度も探知していただろう。なるほど、無人機部隊の襲来だったのか。それに、中国ではいよいよＭＥＲＳの感染者が発見されたか。浦島太郎《うらしまたろう》になった気分だな。……あとで回してくれ。みんな様子はどうだ？」

「海兵隊の若い連中が一〇人暮らせば、それなりにゴミは出ます。科員食堂の掃除に取りかかっていますよ。しかし明日の朝には、何もかも正常化するでじょう」

「よろしく頼む。さて艦長、後回しにしたからと、士気が上がるわけではない。今ここで発表していいだろう」

「そうですか。まあ、チャートも引かなきゃならないし、いつまでも黙っておくわけにはいかんでしょうね。——みんな、そのまま聞いてくれ。なんとなく、私の表情で察してくれているとは思うが、われわれはまだ帰投できない。今は戦争中だ。本艦はこのまま尖閣諸島を突っ切り、尖閣北方海域へ前進し、哨戒活動を継続する」

「……マジですか」

村西曹長が全員の意見を代表するように、そうぼやいた。

「ああ。理由はいろいろある。解放軍の特殊部隊が魚釣島に潜入上陸したらしい。空からということはあり得ないから、おそらく潜水艦を使ったのだろう。可能かと言われれば、君たちは全員、可能だと答えるだろう？　なぜなら、尖閣諸島に我が方の哨戒機は一切近づけないし、われわれも尖閣周辺で大陸棚海域に展開することはない。ここは、日本の周辺海域のエア・ポケットのようなものだ。中国海軍がその気になれば、好きなだけ潜水艦を接近させられる。それはまずいから阻止したいが、やはり哨戒機や水上艦は接近させられない。従って、潜水艦で哨戒する。君らは母港に戻る途中でもあるし、まあ、給料分の働きをしてみせろということらしい」

「知っての通り」と、永守一佐が続けた。

「尖閣諸島のすぐ北側海域は、深度一五〇メートル以下と浅くなる。一部に二〇〇メートルを越える場所もあるが、平均水深は一二〇メートル前後だ。天気が良ければ上から透けて見えるし、排水効果は合成開口レーダーでも読み取れる。そして、味方の戦闘機や哨戒機はいない。南シナ海より条件はきついと思っていい。やりがいがある任務だなんて綺麗事はとても言えない。あんな過酷な任務をやり遂げた諸君らには、申し訳無く思う。だが、この作戦に駆り出されたのは本艦だけではないだろう。今が正念場だ。そしてこれからの戦いは、純粋にわが国領土を守るための戦いということになる。いざとなれば、われわれは中国軍の空母に、戦争終結のメッセージとしてひと槍入れることになるはずだ。本艦の活躍で、中国のアジア支配の野望を打ち砕くことができるのならば、望むところだ。——という話でいいかな、艦長？」

「全く同感です。本音としては、せめて太平洋側に出て一日くらいは休日がほしかったですがね」

「しばらくは台湾東岸に留まって楽もできた。それで良しとするしかないな。しかしこの状況だと、日台軍事同盟ともありそうだぞ」

「帰港したら、それなりの抗議はさせてもらいます。命を懸けているクルーのためにも」

「それには私も同席させてもらうよ。さすがに我が艦隊に、他に動いている潜水艦はいないのかと問いたい気分だ。それだけ頼りにされているんだろうがな。しかしみんな、私もこうして納得はしかねるが、中国の次の狙いは間違いなくここ尖閣だ。ターゲットが尖閣だとわかっていて、お前たちはもう十分に働いたからさっさと帰投し陸《オカ》で休めと命じられたら、それはそれですっきりとはしないだろう。われわれはまだ戦える。燃料も魚雷も十分あるのに帰投しろとはなぜだと思うはずだ。それが潜水艦乗りってものだろう。われわれは、まだ尖閣諸島を守り切っているからこそ、さっさと帰りたいと考えるのだ。そうでないという事実が明らかになったからには、持てる力を最大限発揮しなければならない。この状況下で戦場を離脱することは許されないし、それはわれわれの主義ではない。そう私は、自分を奮い立たせているよ」

「良いお言葉です、司令。録音しておくんだった」

村西が発言した。

「あとで文章にでもしとくから、みんなで回してくれ。――これで終わりだ」

潜水艦〝おうりゅう〟は、深度六〇メートルをキープして魚釣島西側へと回り込み、大陸棚へと乗った。

そこは、海上自衛隊にとって決して未知の海域ではなかった。だが、こういう時に潜水艦でうろつきたくなる海域でもないのは事実だ。

そこから向こうは、基本的に中国の領分なのだ。

潜水艦〝おうりゅう〟から、海保のランチで釣魚島に上陸した台湾軍海兵隊第99旅団〝鐵軍部隊《アイアン・フォース》〟情報参謀である呉金福《ウージンフー》少佐は、少し躊躇う事態に遭遇していた。

上陸した時には、もう日が暮れていた。どこからか、肉が焼ける臭いが漂ってくる。それは、てっきり戦死者のものだと思った。砲弾を喰らい、灼熱に焼かれた人間の肉が発する臭いにそっくりだったからだ。

陸軍の兵士に出迎えられ「これは何の臭いだ」と尋ねると「ご覧になればわかります」と相手は笑って誤魔化した。

指揮所で西銘元二佐に紹介され、東沙島攻略部隊として〝おうりゅう〟に救出されたことを述べると、西銘はわけがわからんという顔で言った。

「どうしてまた日本の潜水艦に乗っていたんですか」

「それが長い話でして。ニュースには出ない、複雑な事情がありました。おいおいお話できればと思います。まずはわれわれを受け入れてくださり、感謝します」

「それもよくわからんのですが。台湾総統府との交換条件という話のようのだが。台湾側は、潜水艦を解放し、その代わり日本はその占領部隊の魚釣島上陸を認める、とは？　占領とは、どういう意味ですか」

「繰り返しますが、長い話となります」

「なるほど。しかし、ここは日本だ。歓迎しましょう。酒はないが、若い連中は腹を減らしているでしょう。山羊のバーベキューがある。君らが来ると聞いて、二頭も潰した」

「は？　バーベキュー、でありますか」

「戦闘中だと責めないでくれよ。考えがあってのことだ。実は昨夜、敵が上陸しているなんて露とも考えず、山羊を潰してバーベキューをしていた。何しろ携行食品しか持参しなかったのでね。みんな、ビスケットとビーフジャーキーには飽き飽きしていたんだ。それで今日になって慌てたわけだが、正直、われわれの食料も少なく、君たちに食べさせる食料も無い。そこで、ガーディアン戦闘ヘリの指揮官と協議した結果、われわれに余裕があるところを敵に見せつけるためにも、バーベキューは良いアイディアではということになった。東沙島での激闘を繰り広げた後、肉の臭いを嗅ぐのは不愉快だろうが、あれはここの食い物としては一番まともなものだ」

「そういう事情でありますか。われわれは海兵隊員です。肉が焼ける臭いには慣れています」

「今日は、残念ながら戦死者を出した。それにあと一歩で全滅するところだったが、君たちの仲間に救われたんだ。そのお礼の意味も込めて、一番美味いところを残しておいた。配置は陸軍部隊と話し合ってもらうとして、交替で食べにきてくれ」

「何から何まで、ありがとうございます」

「ところで少佐、海兵隊ということで質問したいのだが、この島にいるフロッグマンの斥候と連絡は取れないのかな。彼らは、いつからこんな訓練をしているんだ」

「それはですね、実は自分もフロッグマン出身ですが、自分らがいた頃には、この潜入訓練はまだはじまっていませんでした。後に、そういう危険な訓練をやっているという噂を聞いたことはありましたが、冗談だと思っていました。符牒も周波数も聞いておりませんので、残念ながら本国経由でないと」

「そうか。いや、一言お礼を言いたくてね。彼らは、自分たちの存在が敵に露呈することを覚悟して、われわれの窮地を救ってくれた」

「姿を見せないことには、何らかの理由があるのでしょう。一応、ご要望は本国に伝えます」

外に出ると〝おうりゅう〟艦内では副官として活躍してくれた劉金龍《リウジンロン》伍長（上士）が待っていた。

「少佐殿、大変です。なんと藍志玲《ランチーリン》がいます」

「誰だ、それ？」

「陸軍が誇るグラビア・アイドルですよ！」

「は？　だって彼女は、ただの広告塔だろう」

「一応、ガーディアン戦闘ヘリの歴としたパイロットです」

「いやいや、そんなはずはないだろう。あれは陸軍が新兵集めのためにでっち上げた、ありがちなカバー・ストーリー——作り話だろう」

「自分は、本当だと思います。パイロットとしての腕は知りませんが」

「ここ、戦場だよ？　グラビア・アイドルがこんな場所で何の仕事をするんだ。まあ、釣魚台で水着写真集を撮ったといえば、売れるとは思うけどさ」

「え、水着とか持参しているのかな」

「……伍長、戦場のトラウマで、妄想を見るようになったんじゃないだろうね」

「いやぁ、正直、自信が無くなりました。言われてみると、そんな馬鹿げたことあるはずもなかったですよね。山の中でクジラを見たみたいな話でした」

　隊に戻ると、若い兵士たちが全員にやけていた。グラビア・アイドルが慰問に来てくれたらしいと囁き合っていた。


「おい、陸軍はあんな広告塔がいてくれて羨ましいのはわかるが、海兵隊は基本男所帯だ。夢を見ても腹は膨れん」

　そう言って、ガーディアン戦闘ヘリを隠すカムフラージュ・ネットに近づくと、陸軍フロッグマン部隊の指揮をとる何一中《ホーイージュン》大尉が、ローターブレードの下に張った暗幕の下で付近の配置図を描いていた。ローターブレードは何しろ巨大で、天幕としてはやたら広い空間ができていた。

　赤い暗視照明の下、少佐は彼に呼びかけた。

「やあ、大尉。去年の戦技競技会以来だね。あの時はまんまと一杯食わされた」

「海兵隊にだけは負けられませんからね。でも、無事に東沙島を脱出できてよかった。ぜひ話を伺いたい。詳細にね」

「もちろんだよ。夜は長い。ところで、上陸した途端、変な噂が出回りはじめたんだが」

「ああ」と大尉は笑って見せた。そして「その噂、どう思います」と問いかけてくる。

「いや、陸軍はきたないよ。あんなアイドルを仕立てて新兵を募集するんだから。海兵隊にはあんな発想はない」

「じゃあ、その亡霊をご紹介しましょうか。藍大尉！　そこにいたら、少し顔を出してもらえないか。——彼女は今、整備兵と一緒に機体を整備中でして」

テントの外で音がした。続いて足音が聞こえると、一人のパイロットがテントの中に現れた。

「ごめんなさい。チェーンガンをぶっ放した衝撃で、少しパネルがずれたみたいで」

呉少佐は、暗視照明に照らされた顔を見て、しばらくぽかんと口を開けた。

「どういうことだ……」

何大尉が、呉を東沙島の生還者だと紹介すると、藍大尉の目つきが変わった。

「凄いですね！　あんな地獄から無事に生還したなんて。ぜひ、話をお聞きたいです。われわれも何度か増援に海を渡ろうとしたんですよ！　でも、空軍が制空権を回復できなくて。悔しい思いをしました」

「え、ええと……」

長髪を後ろで束ねたうなじに汗が浮かんでいた。それが妙に色っぽかった。

「失礼だけど、あなたの階級は、本物で、本当に、パイロットなの？　戦闘ヘリの？」

「ええ、そうです。世間ではライセンスは偽物だとか言われてますけど、別に私は気にしません。正真正銘ガーディアン戦闘ヘリのパイロットで、腕は前後三年間くらいの訓練学校トップです。後で上官に聞いてください」

「でも、なんでこんなところにいるの？」

「女が、という意味ですか」

「いや……それを言うと性差別になるから、言えないよね」

「彼女が実際に腕がいいというのは、僕も聞いています。それを事実として認めた上での話をするなら、軍にとって戦意高揚になるということでしょう。きっとここの戦場が危なくなったら『島にはあの国民的アイドル・藍志玲がいる。どんな犠牲を払ってでも、助けなければならない』などとリークされるはずですよ」

何大尉が解説した。「そういうことです」と、藍もあっさり頷く。

「私は、別に構いません。戦場に出て敵と戦えるのであれば、いくらでも広告塔を務めます」

「そうか」

呉少佐は、言葉も失いそうになった。

「ええと、あとで、若い連中と記念写真をお願いできませんか。それで、われわれは命を懸けてあなたを守ります。われわれがここに上陸を命じられた理由が、ずっとわからなかったんです。どうやら陸軍と一体となってあなたを守れということらしい」

「期待してますね、少佐。じゃあ、私はもう整備に戻っていいでしょうか」

「どうぞどうぞ。あとで食事を運ばせます」

大尉が出ていくと「ぱっつんぱっつんのフライト・スーツじゃないか」と少佐は漏らした。

「そのうち慣れます。何というか僕ら、性衝動があるうちが華ですよね。戦場に来ると、つくづくそう思います」

「ちょっと、聞こえてますよ。お二人さん！」

テントの外から藍大尉が笑って言った。

豪華客船〝ヘブン・オン・アース〟号は、大島《おおしま》の夜景を右手に見ながら、浦賀水道《うらがすいどう》へと近づいていた。

外務省・総合外交政策局・安全保障政策課係長の九条寛《くじょうひろし》は、日米が主催する太平洋相互協力信《CIC》頼醸成措置《PO》会議の、日本側事務方トップとしてこの船に乗り込んでいた。

この船旅にはコロナ禍で被害を被った旅行業界や客船業界を、政府が支援するという目的があった。太平洋各国の信頼醸成ができればなお良しということで、日米両国でとんとん拍子に話が進んだ。難題は中国の参加説得だったが、最終的に香港と上海の二ヶ所に上陸し観光させるという条件でそれは叶った。

この客船にウイルスをもったテロリストが潜んでいることが判明したのは、上海入港時直前だった。入港はすんでのところで阻止できたが、後に一人が水中に脱出したことが判明した。

その犯人は上海市内で射殺されたものの、ウイルスは上海駅から全土にすでに拡散された後だった。

原田一尉は、音無が寝ている部屋の隣で、九条のPCR検査を行い、陰性であることを伝えた。

「すでに発症している人間と同じ部屋にいて、こんなこともあるんですね」

「発症には、個人差がかなりあります。本当は、陰性者には自室に籠もっていてほしいのですが」

九条は、ネクタイを絞めて背広を羽織った。

「音無さん、何かアドバイスはありますか」

「……君らは、人質交渉訓練とかは受けたか?」

「はい。以前ワシントンに駐在していた際、FBIの外交官向け講習を受けました。興味深い経験でしたね」

「なら、それで十分だろう。どの道、あいつはイエスは言わん」

音無は、相変わらず背中を見せたままベッドの上で答えた。

「では、行ってきます」

ブリッジ方向へと歩くと、米側代表団をまとめるジョージタウン大学教授のシェリル・チェン教授が待っていた。北京語遣いで、彼女の情熱がこの集まりを成功させたのだ。

チェン博士は、マスクを二重にしていた。

「ヒロシ、あなたは陽性？」

「いえ、まだ陰性のようです。博士は？」

「私は陽性よ。でも熱は無い。ウイルスをばらまくからマスクを二重にしているけれどね。彼は、抗体をもっているのよね」

「さあ、どうですかね」

船員がテーブルでバリケードを作っている背後に武装した兵士がいる。アラブ系ではなく、ほとんどがアメリカ人の傭兵らしかった。

チェン博士が「私は陽性者だから、あまり近づかないで」と警告した。船員が現れて、誘導された。ブリッジ背後の小部屋から専用エレベータで一階分上がり、その客船の最上級客室へと昇った。

二人とも、そんな部屋があることは最近知ったばかりだ。てっきりブリッジが最上階だとばかり思っていた。

投資顧問会社ハリーファ＆ハイガー・カンパニーのＣＥＯであるナジーブ・ハリーファは、まずチェン博士に「具合はいかがですか」と尋ねてきた。

「ええ、どうも。幸い、まだ無症状です。あなたは抗体をおもちなの？」

「一度罹りました。わざとね。三日間高熱にうなされたけど、助かった。抗体の有無は私にはどうでもよかったのだが、こういう時に寝込むわけにもいかないからあえて試してみたんだ」

これが昼間なら、窓の外は凄い眺めなのだろうなと九条は思った。今でも、伊豆半島や大島の夜景が見える。

行き交う船舶は少なかった。きっと海保が迂回するよう誘導しているのだろう。

「酒でも飲むかね？」

「いえ、私は結構です」と九条が断るが、教授は頷いた。

「アラブ人とお酒を飲むのが失礼でなければ、私は軽いカクテルでもいただくわ」

「どうぞ。何の問題もありません。私は宗教や主義ではなく、単にアルコールにあまり馴染めない体質でね。それであまり嗜《たしな》みません。ダイエット・コークで十分です」

ハリーファは、ソファで寛ぐチェン博士のためにカクテルを作った。テレビにはＣＮＮが映っている。音声は無かった。

「北京はたいへんなことになったね。いきなりあんな行動力旺盛なビジネスマンが発症したとは。米国政府は、ウイグルで起こっていることを公式にジェノサイドだと非難しているが、日本政府はそうではない。解せない話だな、ミスター」

「マスクを外してよろしいですか？」

そう言ってから、九条は自分のマスクに手をかけて外した。意思を伝えるには、言葉だけではなく表情も大事だと思ったからだ。

「個人的には、あれは紛れもないジェノサイドです。しかし、日本は中国とそれなりの経済関係がある。素直にそう非難できないのは、残念の一言に尽きます。国民からも批判されています」

「それを言うなら、アメリカだって経済関係があるじゃないか？」

「米中の経済関係は、どちらかといえば中国のアメリカ依存です。日中の経済関係は、今では日本側の中国への依存です。それも強い依存ですね」

「皮肉だと思わないかね。世界中のリベラルは、中国の人権侵害を非難してきた。一方で、グローバリズムこそが善だと、保護主義を批判してきたのもリベラルだ」

「それはどうかしらね」

チェン博士がそう反論した。

「アメリカの民主党は昔から保護主義傾向が強くて、共和党こそが自由貿易主義者です。アメリカ人も時々混乱するけれど」

「しかし、自由貿易こそが世界を豊かにするんだろう。博士はそれに同意するよね？　船上でのセッションを一つ覗かせてもらったが、あなたは明らかに自由貿易の信奉者だ」

「ええ、そうです。保護貿易主義が、国を豊かにした例はありません」

「本当に？　私が皮肉だと思うのは、グローバリズムで、マスクも防護衣も、注射器すら中国からやってくることになった。逆に、アメリカ国内でマスクや防護衣を生産するメーカーは次々と潰れていった。このグローバリズム礼賛《らいさん》の陰で、アメリカの中間層はごっそりと脱落し、皆が貧しくなった。中国により近い日本なんて、もっと惨めだろう。この三〇年、不況から脱出できていない。何もかもを中国に依存したお陰でね。そして中国は、グローバリズムで得た富でせっせと軍備増強に励み、世界のスーパー・パワーとなった。そして、アメリカを世界の指導者、支配者という地位から追い出そうとしている。……そうだよ、グローバリズムが中国というモンスターを産み育てたじゃないか。違うかね？」

「一部は、その通りかもしれません。しかし私たちは、中国が豊かになることで世界経済に貢献すると信じた。それは、間違いなかった。その富で中国が世界の覇権を握ろうとしたことについては想定外でしたが」

「最大級の想定外だな。起こってはならないことだ。なのに君らは戦略的忍耐だと誤魔化して、この状況を座視した。一〇〇万のウイグル族が再教育キャンプという名の牢獄に繋がれ、不妊手術で民族的浄化を受けていることも無視をした。型通りの抗議だけを行い、彼らと愉快なランチを続けたではないか」

ハリーファは、あくまでも穏やかに話し続けた。

「君たちにとって、ウイグル族なんてのは一九四二年のユダヤ人と同じだな。忘れ去られた民族だ。私がやっていることは、ワルシャワのゲットー蜂起のようなものだ。そう言ったら、君らは笑うだろう？」

「笑いはしないわ。でも中国の民衆や、この船の乗客を死なせたら、このゲットー蜂起が後世に評価されるとは思えません」

「西洋人が西暦で記す歴史などに関心はない。なあ、日本人よ？」

「確かに、われわれの見方は西欧のそれとは違います。しかしあなたも、これで中国が政策を変えるとか共産主義体制が倒れることを期待しておられるのでしょうか？　コロナ禍で示されたことは、民主主義の脆弱《ぜいじゃく》さだ。震源地の中国は、びくともしなかった。あの強固な全体主義システムに憧れると公言する者が現れ、アメリカはグローバリズムの果てトランプに熱狂した。私は、あまり希望はもっていません。外交官として、暗い未来に備えています。中国は大きくなりすぎた。もう倒せない」

「では、われわれが、打倒中国を試みることを邪魔しないでくれ。もう引き金は引かれたのだ。中国は、間もなくパンデミックに沈むだろう。誰も助けられない」

「弱者から死んでいくことになるわ。権力をもたない者、僻地に暮らす民衆からね」

「弱体化した中国と戦い、最後にアメリカがトドメを刺せばいいじゃないか。私の行動がその切っかけになれば光栄だ。アメリカも被害を被るというなら、それは中国をモンスターに育ててしまったツケだな。少しは血を流すべきだ」

「……アラブ人の敵は、いつからアメリカから中国に変わったのかしら」

「それはいいポイントだね。未だにアメリカを敵視する者たちは多いが、われわれはそのアメリカで儲けさせてもらった。アメリカは中東に何かと口出しをしてイスラエルの肩をもつが、中国はそうではない。中東の独裁国家に一切口出しをせず、ただひたすら儲けるだけ。最初、われわれは中国人を歓迎した。日本人の従兄弟《いとこ》のような金持ちが現れたという程度にしか思わなかった。だが、国内ではホロコーストを行っていた。君たちは、これを無視すべきだと思うかね？　収容所に送られるユダヤ人を目撃しても、あれは自分たちとは関係ないと、忘れるべきだと考えるかね？　君たちはわざわざ私に問うのか。なぜユダヤ人を助けるのだと？　不思議でならない」

九条は、このやりとりにいささかうんざりしてきた。

「ミスター・ハリーファ。この会話はとても興味深い。もっと続けていたいのですが、私は政府からの要望を預かってきています。お伝えしてもよろしいですか」

「一応、聞こうか」

「——まず、重症者の下船を重ねてお願いしたい。全員が無理というなら、せめて若い順に降ろしてほしい。若者にはそもそも発言権は無かった。今の中国の姿に責任はない」

「断る。若者は人質として価値があるが、老人には人質としての値打ちは無いからね。この船には、若者が乗っているからこそ乗っ取る意義がある」

「……次に、東京湾の入港に関して。政府は、入港を阻止すると言っています」

「一〇万トンの客船を止められるかな？　巨大タンカーでもぶつけるしかない」

「では、どこかの港に接岸したいのですか？　それこそ、われわれが阻止したい状況です。それはあなたの利益にはならない。岸壁に接岸した途端、乗員乗客は若い順に海へと飛び込むでしょうね。感染した船から脱出するために。ですから船を止めたり、接岸するのは控えてほしいのです。われわれは安全に感染者を保護する技術をもっているつもりですが、それでもビル何階分もの高さから海に飛び込まれるのは推奨していない。乗員乗客の安全のためです。そしてそれはあなたの利益にもなる。人質として価値ある者たちを船内に留めたいというあなたの目的にも合致することでしょう」

「なるほど。それは考える余地があるな。われわれが欲するのはテレビ局のインタビューではなく、絵なのだ。メディアに絵を撮らせて、それを一日中ニュースで流させる。接岸すれば、四六時中、記者らが岸壁からリポートできるだろう。われわれは、そういう構図を望んでいる。だが、君が言うことも考慮すべきだ。メディアの関心が、次々と海面に飛び込む乗客のダイブ映像に集中しては困る。それは少し、インドラ中佐と話してみよう」

「重症者の下船は、無理ですか」

「君、意外とチャレンジャーだな」

「ええ、これが外交官に求められる資質です。道義心があるところを示せば、世界からの支持もより得やすいはずですよ」

「残念だが、そんなものは欲していない。世界は、中国から儲けを得られればそれで良いのだ。私は、世界が見捨てたウイグル族のために戦っている。世界を敵に回してね」

ハリーファは、話は終わりだとばかりに、右手で帰り道を指し示した。

「このグラス、もらっていっていいかしら?」

博士が、まだ酒が半分残っているグラスを掲げてみせた。

「どうぞ。博士、しかしブリッジ要員のほとんどは未感染者だ。マスクはして降りた方がいいだろうな。二人とも、忘れないでほしいのだが、われわれの作戦はほぼ完了した。この後、核兵器をどこかで爆発させるわけでもないんだ。ただ、中国でこれから起こる災難の原因をここで訴えることだけが私の使命だ」

「……最終的には、どこかの国の特殊部隊が、この船を襲撃することになりますが」

「そうなるだろうね。機関室には爆薬くらい仕掛けてあるかもしれないぞ。その時は、より多くの乗員乗客が助かることを祈ろう。そして君らが救出した乗員乗客から、市中に感染が拡がらないこともな」

二人は再びマスクをして、来た時と同じエレベータに乗った。しばらくするとチェン博士がグラスを片手に、「あの最後の脅しは余計だったわよね」と漏らした。

「そうですか? これから起こることを警告しただけです。……あなたも、これはツケだと思っていますか」

「ええ、間違いなくそうね。中国というモンスターを育てのは、われわれ日米です。われわれの投資と援助がなければ、中国の発展にはブレーキがかかり、経済沈滞に業を煮やした民衆によって共産主義はとっくに倒れていた。われわれこそが、あの全体主義システムを利用したのよ」

「無事に下船できたら、うちのチャイナスクールに語って聞かせます」

九条は、亡くなった佐伯海将の部屋に引き揚げると、睡眠導入剤を飲んで寝入る音無の隣の部屋で本省に報告するレポートを認めた。

まもなく浦賀水道だ。

だが、日本に帰ってきたという喜びは露ほども抱けなかった。

自分がこの船を下りるのは最後となる。もし船内火災でも発生したら、生き残るのは無理だ。

乗客を残し外交官が先に脱出したとなれば、末代までの恥になるだろう。

外交官一族に育った者として、それは許されないことだった。

土門康平陸将補は、ソファの寝心地の悪さは我慢できても、腰を痛める危険性は回避したかった。従ってその夜は、ソファの後ろにマットレスを敷き、毛布をかけて寝るつもりで準備させた。

時々、空自からゴースト・ライダーズ掃討のニュースが入ってくる。暗くなってからは、敵の出撃頻度が落ちていた。それが、無人機を使い果たしつつあることを意味するのか、他の作戦が用意されているのかは不明だったが。土門は、後者だろうと睨んでいた。

魚釣島を巡る状況は、さらに厄介になっていた。日台合同作戦で敵を撃退できたことは喜ばしい話だが、中国にとっては不愉快なこと。彼らはこれを、事実上の日台軍事協定と見做すことだろう。

次の一手が不気味だ。

豪華客船が浦賀水道を抜けたという報道が流れると、しばらくしてＮＨＫの取材ヘリが暗視カメラで撮影した客船の様子が流れはじめた。まるで真昼のように明るく映っていた。ノイズもほとんどない。民生品といえども、一点ものの技術は凄まじいなと思いながら、土門はテレビを消して寝に入った。

起こされたのは、夢心地になってすぐのことだった。待田がライトを点けながら「もうすぐお客様がお見えになりますよ」と告げてきたのだ。

「……誰だ？」

「聞いていません」

「お前たちは、いつ寝てるんだ？」

「そりゃあ、隊長が起きている時ですよ」

上着を着て、白髪が増えた髪を整え襟を直していると、大股で歩く足音が聞こえてきた。例の御仁だとわかると、どっと疲労感が溢れた。

日台友好議連のメンバーにして国防部会の過激派、そして防衛政務官の桑原博司《くわばらひろし》は、厄介な政治家だった。最初は、土門が東沙島作戦に反対したことを根にもち叱責しに押しかけたかと思うと、次は客船内にいる隠し子を救出してくれと土下座しに現れたのだ。

なんでいちいち習志野の田舎《いなか》までヘリを飛ばし、車を走らせてくるかなぁと、頭を抱えた。

今回の訪問で桑原は、ソファに腰を下ろすなり案内してきた姜三佐に「お嬢さん」と呼びかけた。

「眠気冷ましのドリンクとかはないかな？　カフェインさえ入っていればいいから。カフェインましましで！」

「……はい、探してきます」

「あと、そのドアをしっかり閉めてくれ」

姜がドアを閉めて出ていくと、土門は桑原の正面に座った。

「息子さんの安否なら、逐一防衛省に報告しています。原田君の話では、診療所のボランティアとして実に懸命に働いてくれているそうです。あなたのあとを継いだら、良い政治家になるだろうと言っていました」

「ありがとう、そう言ってもらえると嬉しい。土門さん、あなたとは不幸な出会いをした。私はどうも他人の心情を推し量るのが下手な男でね、よく誤解されるんだ。横柄で、生け好かん奴だと。まあ、だいたいその通りだけどね。この歳になると、性格は直せるものじゃない。だが、この数日の経験は貴重だった。自分のようなクズにも、息子の命を思いやる愛情があることに気づけたのは驚きだった。またここ数日、日台友好議連の一員としてもいろいろな話を聞かされた。台湾軍の魚釣島上陸は結果オーライだとは思うが、あれはまずかったよね。一応抗議はしたよ。あなたはどう思う？」

「なるべく早いうちに撤退してもらうのがベストでしょうね。できれば、明日の早朝がいい。でないと、痛くも無い腹を北京に探られることになります」

「日台軍事同盟、というやつだろう？　私は反対はしない。外務省は良い顔をしないだろうが、ここに至って、いったい何を遠慮しろというんだ。戦略的忍耐は、もう過去のスローガンだ。そうは思わないか」

「自分は一貫して中国と事を構えることには反対です。そのリスクを増やすべきだとは思えません。この期に及んでもです。和平の道は、常に模索されるべきです」

「特殊部隊が上陸して、ドローンで攻撃を仕掛けてくるのにか」

「その相手は、存在しないことになっています。

その部隊の救出が目的ですか?」

「いや、存在しない部隊だ。政府としては、彼らが全滅しても我関せずを通せる。問題は、土門さんが気にしてる、まさに中国の動きだよ。奴らは行きがけの駄賃なんかではなく、台湾攻略の中継点として尖閣に攻めてくる」

「無理です。航空優勢は依然として我が方にあり、艦艇で上陸する隙も無い。たとえ海自艦艇が全滅したとしても、空自だけで尖閣は守れます」

「その空自部隊は、例のゴースト・ライダーズとやらの対応で疲弊しきっている。一日に五ソーティとか六ソーティが限界なのに、もう二四時間寝ていないパイロットすらいるんだぞ。中国はそういう隙を突いて仕掛けてくるだろう」

「そこは同意します。しかしそうなったとしても、せいぜいほんの数分、数十分、尖閣上空の制空権を奪い、輸送機を数機突っ込ませてくる程度でしょう。それで降ろせる戦力は知れています。海自艦艇を接近させて艦砲射撃で潰せばいい。あるいは、戦闘機で爆撃させてもいいでしょう。打てる手は、いくらでもあります」

「それで潰滅させられなかったらどうする?」

「潰滅は無理です。僅かの敵戦力は残ります。掃討が必要なら、こういう時のために水機団がいるのです」

ここで姜三佐がエナジー・ドリンクをもってきてテーブルに置くと、またドアを閉めて出ていった。

「……まさに、問題はそこなんだ。政府としては、水機団は出せないと言っている」

「奇っ怪な話ですね。そもそも水機団は、尖閣防衛が目的で誕生した部隊です。それで出撃できずに、いつ出撃するのですか?」

「外務省も官邸も、水機団の運用は、中国を過度に刺激すると考えている。これは、もちろん私の考えじゃない。私はそれで何度も官邸に乗り込んで睨まれているがね。とにかく政府としては、そういう考えなんだ。この民間軍事会社については全滅を前提とするにしても、彼らが全滅した後に島を守る部隊が必要になる」

「うちは空挺団ですから、陸幕長に命令していただければ、空挺部隊がパラシュートを背負い、ほんの二時間で出撃します。空挺降下には全く不向きな地形ですが」

「私が言いたいことは、わかるよな」

まるで便利屋だなと、土門は臍を噛んだ。

「……先生、つい昨夜、その民間軍事会社でリクルート業務を担当している人間とこの部屋で話しました。どんな犠牲を払おうが、われわれが出撃することは無いという言質を取ったばかりです」

「これは政府としての判断だ。私も全く本意ではないことはわかるだろう」

「ええ。先生なら真っ先に水機団を投入せよと仰るだろうことは間違い無い。それで党の国防部会は納得するのですか？」

「まさか。だが、世論はそれで安心する。世論ってのは、いつの時代も安全より安心だ。戦争は起きていないという安心を、政府は国民に約束しなきゃならん。国民に向かって腹をくくれなんてことは言えないぞ。あのコロナ禍でだって、政府は口が裂けてもそんなことは言わなかった。民主主義国家はこれだから……」

「その難儀さは、理解しますが」

桑原は、ようやくドリンクのキャップを開けて一気飲みした。

「土門さん、あなたに命令できるのは総理大臣ただ一人と聞いた」

「そんなに大げさなものではありませんが、建前上は、総理大臣から直接命令を受けられることになっています」

「ではこれは、総理大臣の命令だ。中国が何かやらかす前に島に入ってくれ。何もなければ、台湾軍と前後して撤退すればいい。水機団を動かせば、そういうわけにもいかんだろう」

「確かに、メディアには漏れるだろうし、大部隊を動かすことになるから中国が必ず気づいて反応するでしょう。先生に同情しますよ。あなたにとって不本意な決定であることはよくわかりますから。貧乏くじを引かされましたね」

「そういうことだな。……しかし、なぜ私がその貧乏くじを引いたかというと、日台友好議連に自ら報告したいからだ。日本はしかるべき手を打つ。決して空白地帯は設けないから、あなたたちは本土防衛に専念してほしいということを伝えたい。だからこの役を買って出た。猛獣の首に鈴を付けに出てきたというわけだ。日台友好は、この極東に残された最後の防波堤だ。何としても守り抜かなきゃならない」

「同感です」

土門は彼と会うようになって、はじめて本当の笑みを見せた。

「先生は、不思議な人だ。つかみどころが無いというか」

「ただのタカ派ならぬ、バカ派議員に見えるというんだろう」

「そこまでは言いません。でもあなたの国際環境の認識は、全く正しい。それを履行するのは茨《いばら》の道だというだけです」

「全くそうだな。……とにかく、命令は伝えた。何も起こらないことを祈っているし、私も、最後には日本の国益を優先するつもりだ。君たちを見捨てはしない」

「大いに期待します！」

土門は、今夜は自ら彼を玄関まで見送った。

本当に貧乏くじだ。この戦争では、みんなが貧乏くじを引いているような気がした。

だとすれば、逆に幸運なくじを引き続けているのは誰だろうか。北京か、それともアメリカだろうかと、ふと疑問が浮かんできた。

「姜三佐、全員を起こしてくれ。訓練小隊を含めてな。急がなきゃならない」

「隊長、現場は久しぶりですが、大丈夫なんですか」

後ろから姜ではなく待田が尋ねてきた。

「あの爺さんだって、俺くらいの歳の頃はまだ、ばりばりの現役だったんだぜ。アーウェン抱きかかえて撃ちまくっていた。俺だってまだいけるさ」

土門は腰の後ろをさすりながらそう言った。


自室に戻ると、船上にいる原田を除く小隊長と分隊長を集めた。

「隊長、原田小隊長が不在なのはともかく、こんな作戦、急に仕立てて明け方には出撃するとか無理でしょう」

姜三佐が率直に言った。土門は自分の机の一番下の大きな引き出しを開けて、厚さ五センチほどのファイルを取り出すとデスクに置いた。

「君がここに来る前から策定している尖閣防衛計画だ。一〇〇パターンくらいのシナリオを想定して、それぞれに対応する作戦を用意してある。中には中台が連携して攻めてくるというような、あり得ないシナリオも、尖閣諸島の制空権を喪失した後に潜入上陸するという作戦もある。ガル、今回は難易度としてはどうだ」

「現状のまま上陸できるとすれば、われわれの想定シナリオの中ではランクCですね。上陸までは、ほとんど無問題です」

「ということだ。甘利《あまり》一曹、訓練小隊も沖縄まで同行してもらう。沖縄の基地はどこも中国の攻撃に晒されるおそれがあるから、どこかの演習場で待機してくれ。もしわれわれが全滅したり連絡がとれなくなった場合は、君の独断で行動していい」

土門は、ある電話番号と符牒をメモにして訓練小隊を率いている甘利宏《ひろし》一曹に手渡した。

「パニックセンターの番号だ。君のコードネームはコブラ・アイス。ここで番号を覚えてメモは破れ。ここにかければ、将官級も動かせる」

メモを受け取る甘利を見つつ、姜が言った。

「昨夜は、われわれが出ることは無いと断言してましたよね」

「今でも、私は自分らが出るべきだとは思ってはいない。水機団が出るのが本分だと考える。だが、この段になってなお和平の道が模索できるのであれば、われわれに行けという命令が発せられるのも理解できる。まあ、理由は後からついてくるもんだがな。——とにかく、準備を急げ。以上だ、解散！」

いつものことだが、何も無ければそれで良しだ。しかし、何も起こらずに撤収できたことなど、過去一度も無かったが。

第七章　正攻法

上海のセーフハウスでは、次々と上がってくる陽性者発見の報せを受ける馬麗夢《マリーモン》博士が、頭を抱え込んでいた。

何度もＰＣＲ検査の不備、もしくは検査キットの不良を疑ったほどだった。だが、もちろん誤差はすでに織り込み済みだった。

武漢の研究所から、三〇分おきに最新の拡散モデルが送られてきていた。それは、ぞっとするものだった。さすがにこれは海外の研究機関には出せない代物であった。

「この、Ｒノートというか、実効再生産数というのは精確なのですか？」

蘇躍《スゥユエ》警視が聞いた。今はみんな疲れきり、睡眠を欲していた。

部屋には無かったソファをわざわざ持ち込み、座ったまま仮眠を取れるようにしていた。一〇分でも一五分でも、少しでも長くようにと。

「実効再生産数は信頼できる数字だけど、数理データサイエンスは駄目ね。この疫学モデルは、ＣＯＶＩＤ－19の時も散々外しまくった。後期に開発されたグーグルの予測システムが、そこそこの精度を出しただけ。ＰＣＲ検査の過敏性を疑ったけど、行動履歴を洗うとほぼ全員がそれなりの場所に行っている。家族感染や職域感染者もまだ出ていないことからも、彼らが全員一次感染者として出現したことも証明している。二人が亡くなっているけど、いずれも喫煙者と過度の肥満。まだCOVID－19より凶悪であることを示す証拠は無いわ」

「日付が変わる前に、全土で三〇〇人を超える感染者の確認というのは……」

「中国全土で、厳しいロックダウンを行う必要があります。モンゴル、北朝鮮、ベトナムにも付き合ってもらうしかない。日本に飛び火していなければいいけど。でも、あのテロリストたちの考えがわからない。ウルムチですら感染者が見つかっているのよ。あそこはいつも乾燥している。ああいうところこそ、ウイルスは簡単に感染するのに……。このMERSウイルスでどこかの民族が消滅するとしたら、真っ先に消え去るのはウイグル族、チベット族よ。漢民族なんて、全人類が絶滅しても最後までしぶとく生き延びるでしょうに」

「そうですね。それでこの三〇〇人ですが」と、蘇警視はその数にこだわった。

「それは、彼が二日間、掃除人を装って上海駅に通い、エスカレーターの手すりにウイルス入りのスプレーを噴霧し続けたとして、仮に一〇万人の利用者が感染リスクに晒されたとします。そこから推定できる感染者数は、ざっくり二パーセント。これが多いのか少ないのかは何とも言えないのよ。というのは、COVID－19以来、中国人も日本人のようにマスクをするようになった。上海駅でも、三分の二くらいがマスクをしていた。エスカレーターの手すりはウイルスでべっとりだったし、空気中もエアロゾルが充満していたはずだけど、どのくらい感染させたかは、何とも言えない。仮に二パーセントだとすると、この深夜の時点で三〇〇人の発症者確認というのは、疫学的には妥当な数です。三日後にはおそらく上海だけで一〇〇〇人、ひょっとしたら二〇〇〇人を超えるかも。すでに軍は、閉鎖されていた仮設病院の再開を急いでいます」

「これはもう、パンデミックですよね」

この質問に対し、馬博士は乾いたピザに手を伸ばしながら考え込んだ。それを見た秦卓凡《チィンチュオファン》警部が「ピザ、また焼きましょうか」と尋ねた。

「二人はお腹、空いている？」

「そういえば腹、減りましたね。なあ、警部」

蘇は、秦警部に同意を求めた。

「そうですね。もう夜食の時間です。コーヒーと一緒に用意させましょう」

秦警部は気を利かせて同調した。

「二人とも、優しいのね。正直、国に帰ってきて一番戸惑ったのは、アジアにはレディー・ファーストのエチケットなんて無いことでした。アメリカで暮らしていた時は、これこそ文明だと思ったわ。エレベーターに乗り降りする時は、男性が譲ってくれる。レストランのドアを自分で開ける必要もない。これにすっかり馴染んでしまってから帰国すると、いやむしろこれこそ男女同権じゃないのと思うようになった。中国が西側に倣ってわれわれ女性の存在に敬意を払うようになったら、それは中国らしさを失うということよね」

「われわれは、ただ専門家に敬意を払っているだけです。今先生に倒れられては困りますので」

「あら、女としては見てもらえてないのかしら」

「このパニックが片づくまで、それはありません。われわれは皆、プロですから」

蘇はきっぱりと言い切った。秦警部も、少し疑問ありげな顔をしながらも二度頷いた。

「あら、そうなの。――それで、何でしたっけ？　そうそう、これはパンデミックなのか？　私の頭の中で、その言葉がドラムのように鳴り響いている。きっとどこかに境界線があるのでしょう。たとえば全国で毎日二万人の感染者が出て、その致死率が仮に三割を超えるようなら、われわれは決断を迫られます。治療を放棄し、感染者を発見し次第、その場で薬物注射して建物を火炎放射器で焼き払うという対応をとる状況がくるかもしれない。でも、まだまだ押さえ込める可能性はある。

――二〇二〇年春の日本の状況が、今でも議論の対象になっています。あの頃、日本ではほとんど自主的なロックダウンでウイルスを押さえ込む一歩手前までいきました。それより遥かに厳しいロックダウンを課した欧米諸国は、どこも大失敗していた。ロックダウンの効果は何もなかったのに、日本はそれをせずに成功しかけていた。欧米と比べれば、日本は疑いようなく成功したと言える。けど、あの時点で完璧に押さえ込めなかったことは事実です。何がマズかったのか？　外国人労働者を入れ続けたこと？　それとも、そもそもコロナ・ゼロだなんていうスローガンが合理性を欠いていたことだった？　結論が出るまで、まだしばらく時間がかかるでしょう。今回の件、人民の協力がどこまで得られるか、政府が二〇二〇年の知見をどこまで掘り下げられるかが鍵になると、私は考えています。私は一時的に毎日、万の感染者が出て、パンデミックだと言うしかない状況に追い込まれたとしても、ここ中国なら抑え込みは可能だと思っているの。それが全体主義国家の強みよね。共産主義万歳ってやつよ。好きなだけ私権が制限できる。一時的にパンデミックは起こるかもしれないけど、われわれは勝てるわ。必ずね。油断せずに立ち向かうことでね」

テレビもラジオも、発熱者は正直に申告せよと相変わらず繰り返していた。初期治療が快復の決め手であるとも言っている。そういう事実は無かったが、コロナ禍の時より人民の行動追跡の技術はさらに進化していた。まさにジョージ・オーウエルの世界がここ中国で実現したのだ。

その技術が、おそらく鍵となる。これこそが、中国をテロリズムの脅威から救ってくれるのだ。

蘇自身、ウイグルでの抑圧はやりすぎで逆効果でただのジェノサイドに他ならないと確信していたが、この警察国家が疫病に対して唯一最高の武器だとしたら、皮肉なことだ。

テロリストも、そこまでは計算しなかったことだろう。

〝蛟竜突撃隊〟を率いる宋勤中《ソンチン》佐は、ブッシュの中で打ち砕かれる波の音を聞いていた。

兵は散開していた。固まっていると、ドローンのセンサーに見つかりやすくなるからだ。

星明かりはあったが、ブッシュの下は暗い。海南島の演習場に帰ってきたような錯覚を覚えた。

戦死した二人は、宋がいったん部隊を離れた後に入隊した者たちだった。宋にとっては、それが不幸中の幸いだ。知らない兵士のことなら、さして思い悩むこともない。

宋は、ヤシの葉を編んで作った簡易ベッドの上に寝かされた負傷兵の横で座っていた。一瞬、梢の隙間から覗く夜空をみて、顔を上げた。そして「具合はどうだ」と尋ねた。

「麻酔薬が効いていて、気分はいいです。この程度じゃあ、退役は無理ですかね。アメリカ軍には、義足の兵隊が掃いて捨てるほどいるそうですから」

三〇ミリ砲弾の破片が、軍靴ごと彼の足首を半分抉っており、衛生兵がそれを鉈で切り落としたのだ。

「増援がきたら、その便に真っ先にのせてやるよ」

「来るんですかね」

「来るとも。われわれを回収するわけじゃないが、負傷兵は当然後送されるさ」

「残念です。一人も、敵の姿を拝むことはなかった」

「贅沢な奴だな。私もまだ見ちゃおらんよ」

人の気配がして、すぐに賀宝竜《ホラバオロン》兵曹長（一級軍士長）が現れた。「ゆっくり休め」と命じて、宋中佐はその場を離れた。

「黄《ホアン》三級軍士長が亡くなりました。これで戦死者は三人です」

「そうか、残念だ。出だしは調子が良かったが、戦闘ヘリの出現は想定外だった」

「はい。しかしこの程度の犠牲で済んだことを評価しないとですね。それで海中移動の件ですが、一番泳ぎがうまい者を使って試しました。〝トースター〟を使っても、ほとんど前進できなかったようです」

「そうなのか」

それを聞いた宋は、気落ちした。陸上の移動は困難で、空からも丸見えだ。では海中からならどうかと対策を練っていたのだ。

だが、ここは黒潮とぶつかる。そして、水中スクーターを使ってのテストは失敗した。

「敵が布陣する島の西端で黒潮がぶつかります。それが陸によって左右に分かれるわけですが、流れが圧縮され、海岸線はそれなりの速度で流れている。〝トースター〟を使用しても、あっという間に流されるそうです。よほど泳ぎが達者な者でないと」

「体力があって泳ぎに自信がある兵士、いたよな」

「はい、黄三級軍士長も、その一人でした」

「やる価値があると思うか？」

「海中には当然浅い岩場もあり、夜はそれが良く見えません。それを回避するには、そこそこ沖に出る必要があります。また敵は、当然海中からの襲撃にも備えているはずです。成功させるには、陸上からの攻撃に呼応して仕掛けるということになりますが、その陸上からの接近が読めません。山腹には明らかに狙撃兵が潜んでいて、稜線伝いはドローンから丸見え。島の南側斜面は、たとえ日中でも移動は全く不可能なほどに急峻な崖が続きます。貴重な戦力を無駄にするだけだと判断します」

「残念だが同感だ。そうなると、結局は昼間のルートを愚直に突き進むしかないということになるが」

「そうですね。正攻法しかありません。戦闘ヘリさえ出てこなければ、勝機は十分あります。いくら敵の手数が増えようと」

「さすがに、携帯式ミサイルのキャニスターをトースターで引っ張って泳ぐのは難しかったよね」

「そんな余裕があれば、自分は迫撃砲弾を余計に持たせますね。しかし、これは大いに改善の余地のある問題です。浮力調整さえできれば、〝トースター〟のパワーなら人間と同じサイズと質量の物体を北斗衛星と自動航法装置を使って目的の場所に届けられる。無人の〝トースター〟を先行させ、後で到着したコマンドが海中に沈んだ物資を回収すればいい。実は数ヶ月前、実験をしたことがあります」

「それは、成功したの？」

「いえ、中途半端な結果になりました。まず運ぶべき物資の中性浮力の獲得というか、付与が非常に難しかったのです。人間はそれを感覚でやってしまいますが、水中用ドローンに荷物を牽引させるというのは、思ったほど簡単なことではないことがわかりました。そして、目的地に無事到着したとしても、海底に着底したそれを探すのに一定の時間がかかりました。それぞれの問題は、決して解決できない難しいものではなかったのですが、全部潰すとなるとコマンドが自分で運んだ方が簡単だというオチになったのです」

「なるほどな。自分も今、どんなやり方があるのかと考えてみたが、イメージがどんどん膨らんで、結局は大型バイク並の大きさになってしまったよ。確かにハードルはある。だが、研究する余地もありそうだ。さて、今の問題だが、次は機関砲じゃなくてロケット弾攻撃だということだが――」

「はい。散開して移動して被害を防ぎ、敵の戦闘ヘリが出てきた時には、混戦状況になってすでに敵味方入り乱れている必要があります。それなら、味方を巻き込んでの攻撃はできない。その前提に立てば、むしろジャングルはわれわれの味方になります」

「困難だが、まさにわれわれ向きのハードルだよ。この条件で敵と接触して勝てたら、戦史に残る」

「無事にやり遂げてはしゃいでみたいものですが、あの機関砲攻撃は悪夢でした」

「もうドローン攻撃はできないし、条件は厳しいが、艦隊からは攻撃を急かされている。任提督《レン》からは何も言ってこないが、圧力が強まっているのはわかる」

「パンデミックが、その理由ですね」

「ああ、間違いない。パンデミックが起こり、国内が騒然として、軍がその対応に追われる前に決着をつけたいのだろう。一週間ではなく、三日で台湾総統府に五星紅旗を掲げるつもりでいるぞ。

この戦争は、半年は時間をかけるつもりではじめたと思っていたがね。半年もあれば、台湾の世論が分裂し、北京の傀儡政権も樹立できるはずだ。それをこの三日でやろうという。あのテロは、実にタイミングが悪かった」

「そのことですが、陰謀話が出ているのをご存じですか。台湾のラジオを聴いていた部下によると、豪華客船を乗っ取ったアラブの投資顧問会社の経営者はアメリカ軍の退役軍人からなる民間軍事会社も経営していて、今回その連中が客船を乗っ取ったそうです。そしてこの投資顧問会社は、元を辿ればCIAが設立した会社で、その目的は軍を退いた特殊部隊隊員の年金運用のための投資顧問会社。そこには欧米の特殊部隊隊員はもとより、日本の特殊部隊関係者も大金を預けて運用しているそうです。だからこのテロは、CIAが仕組んだものではないかという陰謀話がロシアのサイトに上がっていると言われていると」

「そんな話があるのか。まあ、半分は信じるよ。どこの国でも、特殊部隊隊員の再雇用と収入確保は頭痛の種だ。潰しがきかないからな。殺しのスキルは、他の部隊では何の役にも立たない。若くして離職するしかないが、働き口は警備員程度しかない。収入は低いし、スキルは生かしようもないとくれば、危ない橋をわたって犯罪者になる連中も少なくない。私も昔、任提督に相談したことがある。われわれもそろそろ、特殊部隊隊員のための再雇用の受け皿や投資会社を設立すべきだとね。でないと、退職者がくだらん思想に染まって、党に反旗を翻すような事態も起こりかねない。かつてわれわれの仲間だった兵士が、大学の尖塔に上り銃を乱射するような事態は避けたいからな」

「それは帰国されたら真剣に考えてほしいことですね。自分も、もう間もなく警備員生活をはじめることになります。中佐殿は、良いタイミングで部隊を離れられた」

「正直、運が良かったと思っている。部隊に戻れたことを喜んではいるけどね。でも、娑婆の空気もそう悪くはないよ。意外と退屈でもなかったしな。さて、休憩は十分にとった。前進をはじめようか。夜明け時にはしかけたい。正攻法しかないと知ったら兵は気落ちするだろうが、それをやり遂げるのがわれわれに課せられた使命だ」

その後、賀宝竜兵曹長は部下に回すメモを認め、糧食など不要な装備は捨て置いて、二人ひと組のバディで兵士を出発させた。

山腹中程を進撃する兵から先に出発させ、島の西端手前の渓谷で合流できるよう調整した。

せめて五〇口径の対物狙撃ライフルでも持参すればよかったが、それがあっても、この世界で最も頑丈に作られた戦闘ヘリを撃墜できるわけではないだろう。

困難な任務には違いないが、これ以下の条件なら、別にわれわれが出る必要もない。そこらの徴募兵部隊でも可能な任務だ。

〝蛟竜突撃隊〟だからこそこの任務を遂行できるのだと、兵を鼓舞した。

FASTヘルメットに双眼の暗視ゴーグルを装着した兵士たちが、静かにジャングルに消えていった。


台湾軍海兵隊両棲偵捜大隊《フロッグマン》所属の二人のスナイパーは、魚釣島中央やや東寄りの千畳岩と名づけられた場所を見下ろせる陣地に移動していた。

千畳岩は、その名の通りごつごつした岩場が山腹まで迫り身を隠す場所がない。

ここを通る者は、山羊だろうがコマンドだろうが、必ず周囲に全身を晒すことになる。

フロッグマンは、さらに味方が増えたことで西端付近を警戒する必要はなくなった。より東側を警戒しようという意図だった。

新たに上陸したアイアン・フォース部隊から接触の申し出があったが、岳威倫《ユエウェイルン》軍曹は応じる気など全くなかった。

なぜなら、日本人部隊が信用できなかったからだ。解放軍との戦闘がはじまるまで、明らかに日本人部隊は自分たちを探していた。それも、発見し次第殺す気満々という捜索の仕方だった。

われわれは、たまたま今は共同作戦を組んでいるが、ここ尖閣を巡っては敵同士だ。信頼できる相手ではなかった。

「でも、山羊のバーベキューは食いたかったですね」

呂東華《ルードンファ》上等兵は、そう悔しそうに言った。今夜もここまで臭いが漂ってきていると言い張った。

「そんなことがあるはずもない」と岳は笑ったが、バーベキューはやっているだろうとは予想できた。

時々、熱反応が森に反射している。焚き火をする必要があるとは思えないから、あれは山羊を丸焼きにしている火なのだろう。別に油断して遊んでいるのではなく、解放軍兵士へ余裕があるところをアピールしているのだ。

この前哨基地も、数年がかりでカムフラージュされたていた。時々山羊に荒らされるし、風雨にも晒されて使う時は必ず補修が必要だったが、今はそれら前哨基地の補修もルーティン化されていた。

前哨基地を渡り歩き、補修していくのも訓練メニューの一つだ。ただし、足跡は残さず、踏み跡による道も作らずに。

ここは自分たちが〝ダウラギリ〟ベースと呼んでいる基地だった。つまりエベレストほど高くはないが、山脈に連なる高峰という意味だ。

　シート状のカロリー食品を口に入れた。軍用品なので、味はほとんどない。体積重量比で栄養価が高いというだけの代物だ。

　水については、いよいよ心細くなってきた。結局、飲料水を手に入れる暇もなかったからだ。

「さっきラジオで言っていた話、どう思います？　あのテロは仕組まれたものだっていうやつですが」

「そりゃテロなんて誰かが仕組むに決まっているだろう。けど、情報の出所はロシアなんだろう？　ロシアお得意のフェイク・ニュースで、それを広めて世界を混乱させようということじゃないのか」

「そうなんですかね。でも羨ましいですよね。特殊部隊専門の再雇用会社とかは。軍曹のその狙撃の技術なんて娑婆に出たら何の役にも立たないでしょう」

「それが軍隊の技術だ。俺たちは別に、娑婆で喰っていくための技術を日夜磨いているわけじゃない。それに俺は、軍を辞めたら農業をはじめようと思っているんだ。伯父《おじ》がイチゴ農家で成功している。ハウスもので天候に左右されないし、台湾は暖かいから燃料費も不要だ。市場の価格変動はあるが、軌道《きどう》に乗ればあとは労働力を確保するだけ。だから、近所からパートのおばさんたちを雇ってさ」

「へえ、そんな人生設計もあるんですね。俺はてっきり、軍曹は風景画家にでもなるんだろうと思ってましたよ」

「イラストレーターとしてやっていく自信はあるが、プロ集団の中で見ると、俺はとりわけ腕が良いわけじゃないからな。たまに個展とかを覗きにいって、そうつくづく思ったよ。というか、正直、打ちのめされた。一生の仕事にするなら、ナンバー1になれる自信がなきゃ駄目だ。自分にはセンスがあると過信してその世界に飛び込むのは、あまりにも無知で傲慢だ」

「覚えておきます。……おっと、来ましたね」

　バッテリーをくう暗視双眼鏡ではなく、星明かりを頼りに普通の双眼鏡を使っていた呂上等兵が、岩場を小走りに突っ切ってくる敵兵の姿を捕らえた。

「遅いな。こんな時間帯にそこに来たとなると、本隊の大半はもう島を半分渡りきったということだ。さすがは〝蛟竜突撃隊〟。夜間の移動なのに、いっさい木々を揺らさずに移動している。熱反応だけじゃ、ドローン映像だと山羊と区別は難しいぞ」

「本国に無線を入れておきますか。それとも、直接アイアン・フォースと無線で話します？」

「いや、それはやめておけ。そんなことをしたら、降りてこいと言われるのがオチだ。われわれは、あくまでも独立部隊なんだ。一緒に行動する必要は無い。上から命令されない限りはな」

　雲が近づいていた。一雨ほしいところだが、そうなると視界が奪われる。地上の戦闘も混乱し、せっかくの戦闘ヘリも飛べなくなるおそれもあった。

　解放軍部隊は、その可能性に賭けたのだろうかと、岳は思った。

　海上自衛隊鹿屋《かのや》基地――。

　第一航空隊司令の伊勢崎《いせざき》将《たもつ》一佐は、P-1哨戒機の戦術航空士席《TACCO》で最終離陸許可を待っていた。機体はすでに滑走路端へと向かっていたが、管制塔からは離陸許可ではなく「引き返せ」と命令してきた。

　機体から飛び降りると迎えのワゴンに飛び乗り、憤然とした態度で第一航空群司令・河畑由孝《かわはたゆたか》海将補の部屋に入った。

「いったい何事ですか。離陸した後ではできん話なのでしょうね」

「ああ、そうだ」と、壁のチャートを覗き込んでいた首席幕僚の下園茂喜《しもぞのしげき》一佐が言った。更に「ドアを閉めろと告げた。

「今頃になってな、市ヶ谷が情報をよこしやがった。出所はわからん。おそらく、米軍の衛星情報とかを付き合わせた結果なんだろう」

　河畑海将補は、下園に説明を命じた。

「いいか、今東海艦隊がいる場所は、温州《ウエンジョウ》沖の沿岸部ということになっている。だが、実際は違うらしい。――ここだ。われわれが想定している海域から、すでに一〇〇キロも尖閣に近寄っている」

「そんな馬鹿な！　そんなことがあるはずがない。現に今飛んでいる哨戒機のESMは、軍艦のレーダー波を拾っている。それらの位置は、空母を中心にして周回しているだけです。あり得ない！」

「と、思うだろう。でもさ、俺たちだってリムパックで散々米空母部隊に欺かれたじゃないか。今回、南海艦隊は東沙島攻略で位置偽装をやらかした。俺たちがキャッチしているレーダー波他の電磁波は、偽装漁船などが身代わりで発信しているものだ。あるいは、使いものにならん旧式の軍艦にレーダー・システムだけ搭載したのかもしれん。とにかく偽の情報をつかまされて、本物の艦隊は密かに、着実に、魚釣島に接近していたんだ」

「それだって、P－1のAESAレーダーに映るでしょう」

「われわれは、中国を刺激しないために日中、中間線上からは西に出ていない。飛行高度も比較的抑えている。そこを突かれたんだろう。ようやくわかったよ。ずっと疑問だったんだ。グアムからトライトン無人機が飛んでくるたび、中国はあの機体だけは嫌って、すぐに戦闘機を飛ばしてきた。相手がトライトンだから神経過敏になっているのだろうと思っていたが、中国側はトライトンに高高度を飛ばれたくなかったんだな。本物の軍艦が見えるから」

「信じられない……。じゃあ空母も、前進を?」

「いや、空母だけは温州沖に留まっているとみている。そこまでの自信はないんだろう。おそらくゴースト・ライダーズ作戦の果てに、一気に航空優勢を取りにくる。その援護を艦隊にさせるつもりだろうと、市ヶ谷では見ている」

「尖閣手前で縮こまっている、うちの護衛隊群は出るんですか?」

「どうするんだろうな」と、河畑が首を傾げた。

「たぶん、やってくるとなると一〇〇機単位だぞ。それが無人機に紛れて向かってくる。対艦ミサイルを撃たれる前に撃墜しなければ、飽和攻撃に耐えられない。だが、そこは尖閣領空の遥か西側の領空外空域だから、こちらからは手は出せない。難しい判断だよな。それでだが、首席幕僚、また説明してくれ」

「はい。それで一応、われわれはまだその無線封止下の本隊には気づいていないという前提で行動する。コースも従前通りだ。フライト・プランの変更は無い。ただし、すぐ次の編隊を離陸させる。敵の早期警戒機に引っかからないわけにはいかないから、那覇への移動だと装い飛ばす。一旦緩急あれば戦場へ直行させるし、さらに後続編隊は敵早期警戒機のレーダー範囲外で待機させる」

「それで間に合うかな」

「まあな。だが、それが戦争ってもんだ」

「では、堂々と撃っていいんですね？」

「そうなったらな」と、河畑は頷いた。

「仇討ちなどという気は起こすなよ。判断力が鈍る」

「了解しました。機上にてクルーに詳細を話します」

　自衛隊初の犠牲は、この基地所属のP－1哨戒機の撃墜だった。

「後続編隊はすぐ追いかけさせる。気をつけて飛べよ。連中、これだけ用意しているとなると、哨戒機対策も考えているかもしれんからな」

　伊勢崎が敬礼して出ていった。

「あいつ、無茶しなきゃいいがな」と、河畑がぽつりと漏らした。

「あいつは、海面上五〇フィートを飛んで敵艦隊に特攻していきますよ。しかし、中国もやるようになりましたね」

「ああ、全くだ。日本が四半世紀不況に沈んでいる間に、あっという間に海軍力を整備させ、戦術も学びとった。四半世紀後には、俺たちはもう東シナ海上空は飛べなくなるだろうな。屋久島《やくしま》沖、奄美《あまみ》沖と、そこら中を中国軍艦艇が、漁船を蹴散らしながら我が物顔で航海しているんだろう。幸い、そうなる頃には俺はもう鬼籍《きせき》に入っているがね」

　P－1哨戒機が、けたたましいエンジン音を轟かせて離陸していった。

　エプロンでは、次に飛び立つ機体の武装作業が続けられていた。

　飛行警戒管制群副司令の戸河啓子二佐が指揮するボーイングE－767型空中早期管制指揮機《AWACS》は、鹿屋から北一〇〇キロにある宮崎県新田原《にゅうたばる》基地に着陸した。

そこまで戻るのが精一杯だった。ホームベースの浜松《はままつ》基地まで戻れば二時間を余計にロスする。

乗組員の半数を交替させ、一時間の食事とトイレ休憩を与えた。

幸い今は四機のＡＷＡＣＳが全機稼働状態だったが、交替で飛び続け空中給油を行っても乗員の疲労は溜まる一方だ。

戸河は、第六〇二飛行隊副隊長の内村泰治三佐と戦闘機用のハンガー前に出されたパイプ椅子に座り、基地側が差し入れてくれたサンドウィッチを缶コーヒーで流し込んでいた。文字通り流し込むように食べた。

彼女らもまた、東海艦隊が移動していたという事実に衝撃を受けていた。なぜなら、ＡＷＡＣＳのレーダーでもある程度海面は見えるからだ。

「本当に見えなかったと思う？」

「うちのレーダーは対空用で、シークラッターには弱いですからね。それに、この時化だ。見えなくとも不思議はない。少なくとも必ず映ったはずだなんて言えませんよ」

「でも、一〇〇キロも移動していて気づかないのよ？　われわれはともかく、海自さんは気づくべきだったと思うけど」

「それは海自に任せましょう。問題は空です。変だと思いませんか？　嘉手納にはイーグル戦闘機が五〇機もいるのに、微動だにしない。一個飛行隊くらい上がってきてもよさそうなものなのに。岩国《いわくに》の海兵隊戦闘機も遊んでいる」

「それを言うなら、うちだってＦ－35のステルス部隊はダンマリよね。那覇の味方部隊は気の毒だわ。まあステルス部隊は、必勝の瞬間まで隠しておきたいそうだけど」

「問題は〝千里眼〟ですよね。あのデュアル・バ

ンド・レーダーを潰さないと、ステルス部隊は投入できない。例の話は、本当だと思いますか?」

「イージス艦? 米海軍は実験したそうよ。海自に行った同期のイージス屋に聞いたことがあるけど、彼は半信半疑だったわね。理論上はできる、全然できるし、それだけのパワーもある。ただ、それが艦艇同士なら、見通し距離で交戦するということだから、その時にはとっくにミサイルを撃ち合った後だろうし、相手が戦闘機ならそこまで接近させないのがイージス艦の任務だから、それをやる意味が無いだろうと。でも、海自が引き受けるというなら見物するしかないわね。うちのシステムは、そこまでのパワーは出ないから」

機体の燃料ホースが外され、コクピットにいた機付き長が身を乗り出してマグライトを回すのが見えた。整備が終わったという合図だ。

「さあ、行きましょう。一人でも多くのパイロットを救い、一機でも多くの敵機を叩き墜すわよ!」

E-767は、四機のF-2戦闘機の護衛を伴い、南西諸島へと向けて離陸した。

無人機攻撃はまだ続いていた。

そして彼らが〝千里眼〟と呼んで恐れる空警-600も、まだ空中にあった。

075型強襲揚陸艦二番艦〝華山《ファーシャン》〟(四〇〇〇〇トン)は、温州沖沿岸部をすでに一五〇キロも離れて尖閣諸島へと向かっていた。

そして航海中、大陸沿岸部から発進した726型エアクッション揚陸艇を二隻収容した。

東海艦隊参謀の馬慶林《マーチンリン》大佐は、ウェルドックのキャットウォークで二隻目のエアクッション艇がエンジンを停止する様子を見守っていた。凄まじい騒音と水しぶきに、すぐにずぶ濡れとなった。

探していた男を見つけると、上からメガホンで声をかけた。

「雷炎《レイイエン》大佐！　大佐、上がってきてくれ！」

そう手招きすると、硬い表情の雷大佐がラッタルを上がってきた。

馬大佐は、まるで恋人との再会を喜ぶかのように大げさに「やっと会えた」抱きついて、その後握手もした。

「バ、バケツは、どこかにありませんか？　酷い揺れで——」

一方、雷炎は青ざめていた。馬大佐は近くにいた水兵にバケツを持ってくるよう命じた。

「酷い経験をさせて、申し訳無いね。だがヘリを使うと目立つから、飛行機を乗り継ぎエアクッションで艇で来てもらった。台湾海峡を揚陸艦で通過するのはリスキーだと思ってね」

「リスキー？　ああ、米語ですね。あなたの論文を読んだことがあります。私でも、あそこまでアメリカ被れはしない」

「お褒めの言葉と受けとろう。実は時間が無い」

「時間は逃げたりしませんよ」

「いやいや、量子理論でも時間が一定で無いことは証明されている。旅団長殿は一緒ではないのだね」

「参謀長と一緒に、071揚陸艦に向かいました。これはどういうカミカゼ作戦ですか？」

「知っての通り、国内でパンデミックが発生しつつある。党と軍のお偉いさん方は、その疫病の蔓延が人民の士気を下げ、軍部隊にも疫病が入り込むことを恐れているんだ。この戦争は、本来なら半年以上の時間をかけて目的を完遂するつもりではじまったのだが、ワープスピードで尖閣を攻略せよとの命令が出た。だから、君の部隊を呼んだ。本当は、雷炎大佐一人でよかったのだがね。南海艦隊が手放さないというものだから、部隊ごと誘拐したというわけだよ」

「人使いが荒い人だ」と言って、雷炎はバケツを手渡された途端、ゲーゲーと嘔吐した。たいして食べていないので、胃液が出るだけのようだが。

馬大佐は、やさしく背中をさすってやった。

「君、軍艦は駄目なのか?」

「いえ、軍隊が駄目なんです。昨日までは、ただ飯を食わせてもらって、静かに研究に没頭させてくれる良いところだったんですけどね」

「まあ、そのままでいいから作戦室に行こう。われわれの艦隊司令官を紹介するよ。作戦自体は、付け焼き刃というわけではない。一年以上をかけて準備した。それなりの自信はあるが、君の意見もぜひ聞きたいんだ」

「……自分が意見したからといって、もう止められないのでしょう?」

「ああ、止まらないな。空軍にも戦力を出させたし、これはどんな犠牲を払ってもやり抜くしかないのだ」

雷炎はバケツを両手で抱えたまま前屈みで歩いていた。

軍隊は色々な天才に支えられているのを知っている馬大佐は、全く気にしなかった。

われわれが必要としているのは雷炎の頭脳であり、軍人としての威厳や立ち居振る舞いなどではないのだ。

第八章　台湾沖航空戦

土門康平陸将補率いる特殊部隊〝サイレント・コア〟二個小隊は、二機のC－2輸送機に分乗して沖縄本島東側を飛び、宮古島隣の下地島空港に着陸した。

そこでは陸上自衛隊の大型ヘリ・CH－47JA、俗称〝キャリバー・CH〟と呼ばれる武装タイプの大型ヘリが四機待機していた。

C－2から軽装甲機動車を二台降ろしてヘリのキャビンに入れた。別に走り回れる場所はなかったが、指揮車両兼銃座として使うためだ。

C－2から降り際、姜三佐から「やっぱり戦闘服がお似合いですね」と珍しくお世辞を言われた。

「おい、縁起でもない」と土門が一喝すると、待田一曹が「いや、どうみてもそれ、きつくなってますよね」と意見を述べてきた。

下地島空港を離陸直前に空自から待ったがかかったが、土門はしばらく考えた後に離陸を命じていた。

仮に尖閣上空の制空権を失うとしたら、後からでは遅い。

たとえ的になってでも、今向かうしかないと判断したからだ。

魚釣島では、アパッチ・ガーディアン戦闘ヘリのパイロットの藍志玲《ランチーリン》大尉が、陸軍フロッグマン部隊を率いる何一中《ホーイージュン》大尉に、頭上の偽装ネットについて聞いていた。

「これ、どのくらいで外せるかしら？」

「二分ですね。二分で外せるようにローター・ブレードの下に足場を組みましたから。エンジン・スタートにその程度はかかると思いますが」

「そうね、その辺りが妥協点でしょうね」

ここで、ぽつぽつと雨が降ってきた。

「あらやだ。天気予報をリクエストしないと」

「藍大尉、離陸しよう。海兵隊フロッグマンから、地上部隊接近の通報が入った」

平龍義《ピンロンイ》少佐がネットに手をかけながら言った。

「解放軍戦闘機は出てくるんでしょうか」

「その可能性はある。その場合は、とにかく高度を落とし渓谷に逃げ込んで躱すとしよう。おそらく、解放軍の兵士は島の南側斜面にはいない。だから、南側で待機するというのもひとつの手だ。もちろん、携帯式ミサイルは携行していないという前提でジャングルの真上を飛び回り、敵を威嚇するというのもありだ。戦闘機が出てきたら、すぐ警告はもらえることになっている」

言っているそばから兵士らが偽装ネットや小枝を外し、ローター下の天幕を畳みにかかった。

「それと、新しい情報だ。解放軍艦隊は、思ったより近くにいるらしい。日本がやり合う覚悟を決めたかどうかはわからない」

これを聞いた藍大尉は、ヒューと口を鳴らした。

「それ、圧倒的じゃないですか！」

「どうする、逃げてもいいぞ。俺は逃げ帰りたい気分だがな」

「大丈夫です。弾数分の敵を倒し、最後はローターブレードで敵を八つ裂きにするまで戦いますよ！」

「ありがとう。気を悪くするかもしれんが、神様はどうして君を女に創ったんだろうと思うよ。男なら、たちまち出世しただろう」

「ご心配なく！　私が女であり、この美貌をもっているからといっても、それに左右されることなく出世の階段を上ってみせますからね」

平少佐は「全く、お前って奴は」と、笑いながら自分の機体へ向かった。

さて、華と散るか、それとも英雄として帰還するか。

藍大尉は、コクピットに乗り込んでエンジンをスタートさせた。

075型強襲揚陸艦二番艦〝華山《ファーシャン》〟の艦隊指揮センターでは、周囲から一段高く作ってあるシートに東海艦隊司令官の唐東明《タンドンミン》海軍大将が座っていた。

雷炎大佐は、その背後から「艦隊の参謀長はどこにいるんですか」と馬大佐に問うた。

「母港に留まっています。万一、われわれが戦死した時に、指揮系統の混乱を避けるためです。まあそれは、表向きの理由ですが」

雷は「ふーん」と反応した。人事とは、いろいろとあるものだと思った。

酔い止めの薬をもらった雷大佐は、今はだいぶ楽になったようだ。

もっとも、これから先のことを考えると違う意味で吐き気をもよおしていたようであるが……。

レーダーには、無数の艦艇が映っている。まさに「無数」と言えるだろう。

実際には二〇〇隻近くだったが、最初に現れた一〇〇隻を、あとから一〇〇隻が追いかけて距離を詰めた。それは、互いの速度差によるものだった。

「あの五〇ノット出しているやつは、ウェーブピアサー型ミサイル艇ですよね」

「そうだ。まあ、ちょっとSF的な発想で、デザインだけは良かったんだ。でも艦内空間は無いし、とにかく使い勝手が悪かった。西側も、あっという間にこのタイプから手を引いたよね。それなりに自然と振る舞うようにしているが、全部リモコンのドローンだ」

「とんだ無駄遣いだ……」

「使い道がある限り、有効利用だよ」

三〇ノット出してはいるが、追い抜かれている艦艇はその前のタイプのミサイル艇だ。

「雷炎大佐、そろそろ時間だ。君の活躍に、期待している」

唐提督が振り返って、そう声をかけた。

「……自分は、一時間前にこの作戦を聞いたばかりですが」

「いやいや、凡人には数日かけて説明しても役には立たんが、天才にはほんの一言で済むだろう。君が無事に島に辿り着けることを祈っている。そして、その才能で、さっさとケリをつけて戻ってきてくれ。本命は台湾本島攻略だからな」

「自分の使命は、いつも、兵士をより多く連れ帰ることだと理解していますが」

「それでいい」

オペレーターが「千手観音部隊、最後の編隊が洋上に出ました」と報告してきた。

「よし、本命がくるぞ。艦隊、無線封止解除！ 歴史に残る戦いをやってのけろ」

三〇隻を超える駆逐艦、フリゲート、揚陸艦艇が一斉に無線封止を解除した。そして、尖閣諸島へ全速力で向かいはじめた。

二隻の071型揚陸艦、075型強襲揚陸艦から合計一〇隻のエアクッション艇が、荒波に乗り出した。

水上ドローンと化したミサイル艇に紛れ、真っ直ぐ魚釣島への針路をとった。

空警－600を指揮する浩菲《ハオフェイ》中佐は、自分が見ているスクリーン上の情報が信じられなかった。

このシステムの同時探知能力は七〇〇はある。その半分も使い切ることはないだろうと思っていたが、今はその限界に達しつつあった。

そして同時追跡能力は四〇〇。レーダー範囲内を飛ぶ日台両軍の航空機だけで、すでに二〇〇を超えている。

味方機を追い掛けはじめたら、たちまちコンピューターが熱暴走することだろう。

浩中佐は、西半分の追尾をここでカットさせた。

ＡＷＡＣＳに乗る戸河二佐は、足の震えを実感していた。

事実、今にも逃げ出したかった。どうして神様はこの時、この瞬間、自分をこんな場所に立たせているのだろうと恨んだ。

ゴースト・ライダーズの数は、最大級だった。一五〇機を超えている。

だが戸河は、奇妙なことに気づいた。

編隊が整っているのだ。わざと少し崩すよう飛んでいるようだが、これまでの無人機のように各機の距離が離れていない。比較的まとまった間隔で飛んでくる。

「これは、ゴーストじゃない。後方の編隊は、パイロットが乗っている！」

「同感です。どこからが有人部隊なのか、それが問題だな」

内村がヘッドセットで指示を出しはじめた。那覇基地に全機スクランブルが発せられる。

台湾空軍も、可能な数の新旧Ｆ－16戦闘機を上げていた。彼らも、このスウォーム攻撃の半分が有人機だということに気づいたのだろう。

「台湾沖航空戦のはじまりだな」

「縁起でもないことを言わないで」

一九四四年一〇月に発生したあの戦いでは、米側はほとんど損失は無かったにもかかわらず、日本側では戦果の過大評価が発生し、軍部は赤っ恥を掻く羽目になった。

無人機の一団が突然レーダーの火を入れ、こちらの迎撃機にミサイルを撃ってきた。

イーグル部隊もただちに反撃を開始した。同時に、無人機だとわかっていても、より遠くからミサイルで攻撃するようAWACSも命令を変更した。

あっという間にイーグルがミサイルを撃ち尽くす。

「先鋒はJ－10戦闘機だ。シングル・エンジンの」

「フランカー擬きはどこよ？　ステルスのJ－20は？　まだ背後に控えているということなの」

嫌らしい戦術だ。

先鋒は軽量級の幕下戦闘機を出して敵を混乱させ、後詰めで大関や横綱を繰り出すという腹だろう。

そして彼らが空中戦に追われている瞬間にも、時速五〇キロを越える速度で接近している水上部隊がいた。

P－1哨戒機を戦術航空士《TACCO》席から指揮する伊勢崎一佐は、海面を埋め尽くした目標に驚愕していた。こんな数の無駄船を中国海軍が抱え込んでいるなんて思わなかったのだ。

だが、船舶のドローン化は航空機に比べると遥かに安上がりだ。できないことは無かった。要は、その数が維持できないというだけ。中国ならばできたのだ。

二〇〇にも達する目標は、様々なコースをとって魚釣島へ向かっていた。真っ直ぐに向かうものもいれば、カーブを描くものもいる。途中で台湾方向へと舵を切るものもあれば、沖縄本島へと針路をとるものもあった。

だが、こちらが狙うべき空船ではない。この中には何隻か兵隊を乗せた船が紛れ込んでいて、尖閣に上陸を果たすのだ。

伊勢崎は、それはどの船かと考えた。

ウェーブピアサー船ではないだろう。魚雷艇では、魚釣島の岩場に突っ込んで大破するのがオチだ。

だとすると、エアクッション艇ということになる。

この中から、エアクッション艇だけを選別しなければならない。そのためには、オプティカル・センサーを使う必要があり、もっと接近しなければならなかった。

伊勢崎は、機長に速度を上げて突っ込むよう命じた。

AESAレーダーには、敵の戦闘機が映っている。

きっと的になるだろうが、やるしか無かった。

戸河二佐は、魚釣島沖に現れた二機のヘリに注目した。

それは、魚釣島に上陸した台湾陸軍のガーディアン戦闘ヘリだった。

「誰か、この二機を下がらせて！　もうこの空域は支えられないわ」

台湾側とは直接連絡をとる術が無かった。

彼らは、尖閣の制空権を維持できると思っているのだ。

そのガーディアン戦闘ヘリ二機は、魚釣島の洋上一〇キロまで前進していた。

高度はほんの一〇〇フィート。だが、まだまだ下げる余地はあった。

「こちらピラルクー・リーダーより二番機へ。大丈夫か?」

「こちらマリリン、問題無しです」

「いいか、まだ敵は見えないが、ヘルファイアを持ってきてよかった。一発ずつ、狙って撃て。こういうことならガーディアンで誘導できる無人攻撃機も買っておくんだったが」

ガーディアン戦闘ヘリには、ドローンを後方から操縦する機能があった。

「二機で一六発のヘルファイア、つまり一六隻は沈められるということですね」

「そうだ。そしてロケット弾を扇形に撃てば、もう四、五隻はいけるだろう。最後はチェーンガンで何隻沈められるかだな。それでも全体の二割も沈められないが、できるだけのことはやろう」

「了解です、ボス!」

無線を終えると、風防を叩く雨が少し強くなった。

「黄《ファン》さん、ロングボウ・レーダーって雨に弱いのよね?」

藍は前席ガナーに呼びかけた。

「とんでもない! 今は大丈夫です。確かに、昔のロングボウ・レーダーは全く詐欺かってくらい酷かったですけどね。何しろ目の前を走っている戦車の横腹すら見えなかった。こんなガラクタ・レーダーで、よくもあんな金をふんだくるもんだと思ってたものです」

台湾空軍機は、自由勝手に島の上空を飛び回っていた。前方上空で時々パッパッと炎が上がるのは、雷ではない。何かが爆発する閃光だ。

やがて本物の稲光が走りはじめる。

「さあ、機関砲弾の最後の一発まで撃ち尽くすわよ！」

藍は、自分では楽観主義者のつもりでいたが、その稲光を見た瞬間は心底怯えた。

稲光を背景に、水平線を埋め尽くすような数のミサイル艇が浮かび上がったのだ。

空警-600の浩中佐は「ステルスはどこ？　F-35はどこにいるのよ！」と口の中で呟いていた。

ここまで追い込まれているのに、ステルス戦闘機を温存するなんてありえない。いったい航空自衛隊は何を考えているんだろうと思った。

ステルスを求め、浩中佐は前へと出るようパイロットに命じた。

すでに海上自衛隊イージス艦隊まで、二五〇キロ圏内に接近している。

海自イージス艦が装備している最新型のＲＩＭ-174スタンダードＥＲＡＭの射程範囲だった。

弾道弾迎撃から艦船攻撃までやってのけるマルチ・ミッション・ミサイルを搭載する第一護衛隊群・第一護衛隊のまや型イージス艦〝まや〟（一〇二五〇トン）の司令部作戦室《FIC》では、第一護衛隊群司令の國島俊治《くにしましゅんじ》群司令が、じりじりと接近する〝千里眼〟の輝点をスクリーン上で注目していた。

本艦まで二五〇キロを切ったことを航空幕僚が宣言すると、「よし、やってみるか」と言ってから命令を下した。

〝まや〟のフェイズド・アレイ・レーダーが一瞬停波した。そして次の瞬間、ブルルンと震えた。

もちろんいかなる震動も衝撃もなかったが、それはまさに震えたというに相応しい瞬間だった。

空警－600の機内では、火花が散った後に全ての電源が落ちた。

操縦システムも一部ダウンしたほどだ。

浩中佐は「あー、やられた！」と叫んだ。

できると聞いてはいた。理論上可能なことも知っていたが、まさかそれほどのビーム収束度を持っているとは予想していなかったのだ。

あれは、イージス・レーダー波を一点に集め、敵の半導体製品を焼き切る。数百キロ離れた人間の脳みそだって焼けるのだ。

空警－600は、ここでただのガラクタと化した。

AWACSの戸河にも、空警－600が全機能を喪失したことがわかった。

デュアル・バンド・レーダーが動きを止めたのだ。

「さあ、お願い。私たちのステルスちゃんは、どこにいるの」

一〇秒経つと、トランスポンダーが反応した。

突然、KC－46空中給油機が現れた。宮古島東方海域だ。

「こちらコピー11、コピー11。お待たせした。すでに殴り込み部隊が向かっている」

戸河二佐は、ああ、と空を拝んで、誰へともなくお辞儀をした。

「なんて奴らだ」と、内村三佐は呻いていた。

KC－46がその辺りをうろついていることは知っていた。

てっきりイーグル部隊に燃料給油しているものとばかり思っていたが、そうではなかったのだ。

味方のF－35A部隊に、空中給油していた！

F－35Aの編隊が、スーパー・クルーズで尖閣上空へと突っ込んでいった。

それは、台湾空軍部隊には見えなかった。彼らはミサイルを撃ち尽くし、バルカン砲弾での応戦を開始しようとしていた。

最早、ここから撤退することは許されなかった。第17飛行中隊を率いる劉建宏《リウジエンホン》空軍中佐は、すでに覚悟を決めていた。

この勢いでは、敵は台湾本島へと押し入ってくる。一部の戦闘機は、対地ミサイルくらい抱えているはずだ。捨て身で戦うしかなかった。

無線を入れて全機に呼びかけた。

「オールハンド。みんな、良くやってくれた。突っ込む相手は選べよ！　ワレに続け――」

敵機は、三個飛行隊を超えていた。尖閣諸島と台湾本島の真ん中を目指して飛んでくる。数では三対一くらいか。

ミサイルで有人機を四機は叩き落とせたが、もうバルカン砲しかない。

向こうがレーダーをロックオンしてくる。

「派手に暴れてやる！」

もう残燃料を気にする必要はないのだ。

一気にアフターバーナーを炊いて突っ込もうとした瞬間、敵編隊が急反転した。

尖閣へ向かうかと思いきや、一八〇度反転していった。

何が起こったのかわからず周囲を見回すと、AESAレーダーに反応があった。

自機の右翼――沖縄方向から続々と編隊が上がってきた。新手の自衛隊機かと思ったが、もうそんな数はいないはずだ。

そうか、嘉手納だ。嘉手納のゴールデン・イーグル部隊がよくやく重い腰を上げたのだ！

「……今ごろ来やがって。一番おいしいところをもっていくじゃないか!」

首の皮一枚で助かった。

中国軍機は、一部がそのまま突っ込んできたが、本命部隊は次々と反転帰投しはじめた。


一方、海上の戦いは、はじまったばかりだった。二機のガーディアン・ヘリは果敢に戦い、ドローンと化したミサイル艇を次々と撃破していた。だが敵は、その中に有人艇を含めていた。二度対空ミサイルが飛んでくる。それをひたすら高度を下げて躱す。


やがて、よく見えない敵が現れた。見えない理由は派手な水しぶきを上げているからで、それでエアクッション艇だとわかった。すでにチェーン・ガンの弾しかない。それも僅かだ。

藍志玲大尉はそれを迎え撃とうと、突っ込んでくるエアクッション艇の真横に出た。

しかし接近を試みた途端、重機関銃の曳光弾が走った。

「マリリン、無理はするな。できることはやった。下がるぞ!」

飛行隊長が呼びかけてきた。

悔しかった。本命はこのエアクッション艇だったからだ。

踵を返した途端、二隻のエアクッション艇が爆発した。

それは、伊勢崎が乗るP-1哨戒機が発射したマーベリック・ミサイルによる攻撃だった。

雨が激しさを増していた。ここは下がるしかなかった。

勲章をもらえる分の仕事はしたと納得するしかない。

藍大尉は魚釣島へと向けて針路をとった。

この水面での戦いは、付近を潜航中の潜水艦〝おうりゅう〟にも見えていた。

一度ならず潜望鏡を上げてみたが、魚雷による攻撃はコスパに合わないと判断された。

攻撃は断念し、潜水艦は再び潜航して闇の世界へと消えていった——。

エピローグ

サイレント・コア二個小隊を乗せた大型ヘリ四機は、雨の中を魚釣島西端へと接近していた。

コクピット背後に仁王立ちする土門陸将補は、まるで花火会場だなと思った。不謹慎ながら、それは花火にしか見えなかったのだ。

視界に入る全天で、花火を上げている感じだ。水面でも空でも、パッパッと光が瞬いては消えていく。

だがこれは花火とは違い、綺麗なだけではない。光が瞬くたびに、誰かの人生が確実に終わっているのだ。

島に視線を転じると、遂に地上でも銃撃戦がはじまっていた。

双方の曳光弾が、雨の中から透けて見える。

土門は、機長の肩を叩いて耳元で度鳴った。

「後方三機は、予定通り降ろしてくれ！　本機は地上部隊を援護する！」

機長が、了解したと大きく頷く。

沿岸部のあちこちで、突っ込んできた魚雷艇が擱座《かくざ》していた。

「オールハンド！　地上を掃討する、銃座に取りつけ」

待田が背後に現れて「敵のエアクッション艇が東岸に取りつきつつあります」と報告してきた。

「そっちは無理だ。どんな武器を持っているかわからん。こんな大型機で迂闊に接近はできないぞ。それに、この天気ではこちらが不利だ。われわれは味方のみを援護し、あとは地上戦でクリアするしかない」

「了解です」

引き返してくる二機のガーディアン戦闘ヘリが、コクピットの赤外線モニターに映った。

キャリバー・CHは、灯台の手前でくるりと旋回し進行方向へとケツを向けた。二箇所の銃座から、M2重機関銃が連射される。その後ろからは、グレネード弾が撃たれた。

重機関銃の曳光弾が、真っ直ぐ森の中に吸い込まれていった。

攻撃は、十数秒ほどだ。それ以上留まると、反撃を喰らうことになる。

「よし、着陸してくれ——」

引き返すと、まだ二機目が着陸して軽装甲機動車を降ろしていた。三機目も着陸し、ようやく土門たちの順番となる。

チヌークが飛び去っていくと、沖合に待機していたガーディアン戦闘ヘリ二機が着陸した。

この連中、居座る気満々だぞと、土門は臍を噛んだ。

雷炎《レイイエン》大佐は、とにもかくにも上陸に成功していた。

負傷兵を収容したエアクッション艇が岩場を離れていくと、ここの静けさに驚きつつも、濡れた岩場にへなへなとしゃがみ込み、そしてまた吐いた。

まだ全身が翻弄されている感じがして、地面が揺れていた。

辺りは真っ暗だ。兵士は全員暗視ゴーグルを持っているはずだが、自分は所持していないことに気づいた。

挙げ句、雨まで降ってきた。

全身ずぶ濡れとなったが、しばらくして、なぜか裸眼周囲の視界が得られることに気づいた。

魚雷艇が燃えているのだ。岩場に激突し、炎上した魚雷艇が何隻かあった。

「大佐殿、指示をお願いします！」と、誰かもわからない部下が度鳴った。

「そんなこと言われてもさあ」

雷炎は、途方に暮れて空を仰ぎ見た。

戦争なんて、最低だ！

そう空に向かって罵った。


〈五巻へ続く〉

ご感想・ご意見は
下記中央公論新社住所、または
e-mail：cnovels@chuko.co.jpまで
お送りください。

C★NOVELS

東《ひがし》シナ海開戦《かいかいせん》4
——尖閣《せんかく》の鳴動《めいどう》

2021年3月25日　初版発行

著　者　大石《おおいし》 英司《えいじ》
発行者　松田 陽三
発行所　中央公論新社
〒100-8152　東京都千代田区大手町1-7-1
電話　販売 03-5299-1730　編集 03-5299-1930
URL http://www.chuko.co.jp/

DTP　平面惑星
印　刷　三晃印刷（本文）
大熊整美堂（カバー・表紙）
製　本　小泉製本

Published by CHUOKORON-SHINSHA, INC.
Printed in Japan　ISBN978-4-12-501429-6 C0293

覇権交代 1
韓国参戦

大石英司

ホノルルの平和を回復し、香港での独立運動を画策したアメリカに、中国はまた違うカードを切った。それは、韓国の参戦だ。泥沼化する米中の対立に、日本はどう舵を切るのか？

ISBN978-4-12-501393-0 C0293　900円　カバーイラスト　安田忠幸

覇権交代 2
孤立する日米

大石英司

韓国の離反がアメリカの威信を傷つけ激怒させた。また韓国から襲来した玄武ミサイルで大きな犠牲が出た日本も、内外の対応を迫られる。両者は因縁の地・海南島で再度ぶつかることになり？

ISBN978-4-12-501394-7 C0293　900円　カバーイラスト　安田忠幸

覇権交代 3
ハイブリッド戦争

大石英司

米中の戦いは海南島に移動しながら続けられ、自衛隊は最悪の事態に追い込まれた。〈サイレント・コア〉姜三佐はシェル・ショックに陥り、この場の運命は若い指揮官・原田に委ねられる——。

ISBN978-4-12-501398-5 C0293　900円　カバーイラスト　安田忠幸

覇権交代 4
マラッカ海峡封鎖

大石英司

「キルゾーン」から無事離脱を果たしたサイレント・コアだが、海南島にはまた新たな強敵が現れる。因縁の林剛大佐率いる中国軍の精鋭たちだ。戦場には更なる混乱が⁉

ISBN978-4-12-501401-2 C0293　900円　カバーイラスト　安田忠幸

表示価格には税を含みません

覇権交代 5
李舜臣の亡霊

大石英司

海南島の加來空軍基地で奇襲攻撃を受けた米軍が壊滅状態に陥り、海口攻略はしばらくお預けに。一方、韓国では日本の掃海艇が攻撃されるなど、緊迫が続き——？

ISBN978-4-12-501403-6 C0293 980円

カバーイラスト 安田忠幸

覇権交代 6
民主の女神

大石英司

ついに陸将補に昇進し浮かれる土門の前にサプライズで現れたのは、なんとハワイで別れたはずの《潰し屋》デレク・キング陸軍中将。陵水基地へ戻る予定を変更し海口攻略を命じられるが……。

ISBN978-4-12-501406-7 C0293 980円

カバーイラスト 安田忠幸

覇権交代 7
ゲーム・チェンジャー

大石英司

“ゴースト”と名付けられた謎の戦闘機は、中国が開発した無人ステルス戦闘機“暗剣”だと判明した。未だにこの機体を墜とせない日米軍に、反撃手段はあるのか⁉

ISBN978-4-12-501407-4 C0293 980円

カバーイラスト 安田忠幸

覇権交代 8
香港ジレンマ

大石英司

これまでに無い兵器や情報を駆使する新時代の戦争は最終局面を迎えた。各国がそれぞれの思惑で動く中、中国軍の最後の反撃が水陸機動団長となった土門に迫る⁉　シリーズ完結。

ISBN978-4-12-501411-1 C0293 980円

カバーイラスト 安田忠幸